馬と猫の愛の物語

必守 いく男

まえがき

　人と人とのかかわり合いは磁石のようなものさ。持ち合わせているものから他のものへと呼び掛け合っているさ。人は、みんな、全く他者と同じようには恵まれていない点はあっても、人々はそれは同じさ。また、同じようなハンディのもの同士の引き合いも、すれ違いはあっても心から幸福の願い合いができたならば永遠に、心と心のふれ愛が可能だろう。

　人間以外の動物たちにも、私は心があると信じたい。種族の違う動物たち同士の愛情にも、時には人間たちを驚かせることもあろう。ましてや個性の違う人間たち同士も、動物たちの目から観察された時に驚きを与えることもできるであろう。

　動物愛護は、人間同士の愛や愛情を見つめ直す機会ではなかろうか。動物たちから励まされた時の心は、人類や社会や世界へと向けていく時の精神と同じであろう。

　種族の同じ動物たちや種族の違う動物たちは人間たちを、どのように観察しているのかな。

も　く　じ

まえがき……………………………………………… 1

1　はっぴー誕生の日 ………………………………… 4

2　目の見えない男性　① …………………………… 9

3　子猫たち、言葉を覚える ………………………… 22

4　子猫たちが字を学んだ学び後に ………………… 26

5　目の見えない男性　② …………………………… 28

6　母猫みーこ、はっぴーと獣医へ ……………… 32

7　みーことはっぴーの帰宅後 …………………… 40

8　あかりとはっぴーの再会 ……………………… 44

9　はっぴーの帰宅 ………………………………… 50

10　あかり診察 …………………………………… 53

11　目の見えない男性　③ ……………………… 58

12　獣医師は乗馬クラブへ …………………… 62

13　乗馬クラブの火災 ………………………… 64

14　あかり、3匹の猫と飼い主と再会 ………… 77

15　あかりとつらぬき獣医師の再会 ………… 79

16　あかりへのお見舞い …………………… 88

17　あかりとひかりとさそいの再会 ……… 92

18　子猫たちによるあかりの看病 ……… 97

も　く　じ

19　あかり退院　……………………………………101

20　獣医２人の結婚式　………………………………114

21　２匹の猫は婿養子　………………………………115

22　あかりの猫たちへの恩返し　……………………120

23　２頭の馬と６匹の猫たち　………………………124

24　あかりとはっぴー　………………………………130

25　２頭の馬と４匹の猫　……………………………134

あとがき……………………………………………138

1　はっぴー誕生の日

「お父さんお母さん産まれたよ」

「そうかい。良かったね。我が家のファミリーが増えたわね。あらっ。可愛いいわね」

「母さん、本当だな。３匹じゃあないか。嬉しいね」と、父親は１匹ずつ首を左右の指で、２匹１匹と順々に持ち上げるのでした。母と娘も順々に産まれたばかりの乳飲み子の猫を交互に持ち上げて喜んで楽しんでいるのでした。すると、いきなり母猫のみーこは、飼い主の父母娘へ両手の爪をたてて上下へ数回下ろす仕草をするのでした。

そして、いきなり母猫のみーこは、飼い主である父親のじゅん、母であるつるこ、娘であるみさきへ、「ニャンー。ニャーン!!　下ろせ!!　下ろせ!!　私の子供だ。ニャーン」

と怒鳴るのでした。２人は、声を揃えて母猫みーこへ、「わかった。下ろすから落ち着いて爪を立ててないで」と説得をするのでした。

「わかった。ニャーン」と、みーこは言って大人し

くなりました。そうこうしているうちに母親猫のみーこは子猫の３匹の首を、優しく咥えて順序良く順番にどこかへ、子供を連れていこうとするのでした。

「みーこ、どこへ連れていくのよ。猫盗りに連れていかれるわよ。ここに、おいておく方がいいわよ」

「つるこの言う通りだぞ」

「そうよ。みーこ、私のお母さんとお父さんの言う通りよ」

「ニャーン。子猫たちを苛めないでよね。ニャーン」

「わかった。わかった。ニャーン」と夫婦と娘は同時に話すのでした。

「私の子猫に名前を付けておくれ。ニャン」

と夫婦と娘へ、みーこは頼むのでした。

そうして、３人は数分間話し合いの上、産まれた順番に、「きーく」「はーな」「はっぴー」と名前を付けるのでした。上から男男女でした。末っ子の「はっぴー」は、片目がオレンジ色ですので、娘のみさきは珍しさから、幸せを願い名付けるのでした。

後に、はっぴーには驚くべき事実を、伝え知らされるのでした。母猫のみーこは、名付けられた名前に凄く喜び踊り室内を歌いながら走りまわるのでした。

「ダンスはうまく踊れない、猫は足音で踊る。ニャン、ニャン」と、飼い主達3人をも楽しませるのでした。飼い主親子達も、負けずに手首を舐める仕草や手の甲で顎を摩ったりしながら「ダンスは上手く踊れない、猫は足音で踊る。ニャン、ニャン」と、母猫をあやすのでした。

　すると、母猫は飼い主3人へ「猫、踏んじゃった、猫踏んじゃった、ニャン。猫を踏まないでね。ニャン」と話し掛けているのでした。

　すでに、産まれた子猫3匹は眠り込んでいました。

　「みーこ、うん。気を付けるからね、ねえ。父さん母さん」

　「みーこ、みさきの話す通りだよ、なあ、母さん」

　「みーこ、心配しないでね。今日、産まれた子猫たちにも気を付けるからね」

　「ニャン。飼い主さん達にお願いがあるの。私の子猫たちへ言葉を教えてあげて欲しいんだ。ニャン」

　「うん。みーこ、いいよ」

　「みさき、お願いね」

　「父さんも、任せたよ」

　「はい」

そうこうしているうちに、みーこは「子猫たちへ乳を飲ませる時間だから、飼い主さん達は用事を済ませてくれてもいいよ。ニャン、ニャン」と、話すのでした。

　すると、今まで眠り込んでいた子猫たちは、

「ニャン、ニャン、ニャン」

「ニャン、ニャン、ニャン」

「ニャン、ニャン、ニャン」

　と、鳴きながら母猫みーこの方へ走り寄っていくのでした。まだ、言葉のわからない子猫たちは、母猫のアドバイスの「これこれ、譲り合うんだよ。子供たちよ。きーく、はーな、はっぴ。ニャン」と、説得をするのでしたが子猫たちは、屈託のない無邪気さをファミリーへ見せて楽しませているのでした。

　「みーこやい。今日は、大好物のししゃもだからね。いっぱい食べて体を休めるのよ」

　「ニャーン。つるこさん、ありがとうニャーン」

　「お母さん手伝うね」

　「あなたも手伝ってよ」

　「ああ。いいよ。みさき、子猫たちへは、文字も教えてあげるんだな」

「うん。わかったわ、猫たちに本を読んでもらおうかしら。そのうちに」

「あーあ。そうね。いいわね。父さん」

そうこうしているうちに、夕飯の仕度も済み、「みーこ」とつるこは呼ぶのでした。「ニャーン」と鼻を鳴らしながら小走りで寄ってくるのでした。そうして、飼い主の親子３人と母猫みーこは食事をしながら、いろいろと会話をしながら楽しんでいるのでした。

「みーこやい。時々、子猫たちを獣医さんのところへ健康診断へ連れていくのよ」

「つるこさん、わかったよ。ニャーン」

「みーこも、立派な母猫になったな」

「はい。じゅんさん。ニャン」

「みーこの孫の顔をみるのも楽しみだね」

「ニャン。楽しみにしていてね。ニャン」

「１匹は女の子だから嫁にいって淋しくなるね」

「つるこ、嫁に行っても時には来て、そして賑やかなところをみせてくれよ」

「ニャーン。楽しみだね。ニャーン」

「みーこやい。ところで末っ子のはっぴーの片方の

目がオレンジ色なのが心配ですね。早く獣医さんの所へ連れていった方がいいわよ」

「つるこさん。うん、わかった。ニャン」

「みーこ。心配しなくてもいいよ。獣医学も発達しているしね」

「みーこ、娘のいう通りだよ。安ずるより産むが易しだよ」

「みーこ、初めての出産だったから辛かったでしょう」

「つるこさん、うん、もうイヤだよな。ニャン」

「さあ、みーこ、今夜はもうゆっくり寝た方がいいよ」

「ニャン、みさきさん、そうするよニャン」

そうして、母猫は床に着き親子３人は各自で残りの一日を過ごしていくのでした。

2　目の見えない男性　①

ある日のことであった。桜の香りが乗馬クラブに漂っている時のことであった。１人の男性が白い杖をついて乗馬クラブを訪ねに来るのでした。同伴の盲導犬

「さそい」を連れて入場してくるのでした。指導員の
「ようこそ、いらっしゃい」という掛け声と同時に、
同伴犬のさそいは、一声早く「ようこそ。この人宜し
くお願いします。ワン」と、元気良く話すのでした。
縁があって乗馬指導員の1人は手が空いていて彼ら
2人を心地良く迎え入れました。

そして、二呼吸遅れて……。

　「ひかりと申します。同伴の犬、さそいが駅の料金
表と地図を見ながら、ここまで連れてきてくれまし
た。私は、目が見えません。馬に乗りたいです。お願
いします」

　「ワン。私からもお願いします」

　「私は、みると申します。あなたの担当者の、みる
です。宜しくお願いします」

　「宜しくお願いします。後ろから補助してくれます
よね」

　「最初はしますが、後はご自身でして下さい。まっ、
あなたの場合は視覚障がいということですので後ろか
ら口で誘導します」

　「ワンワン。ワン、ウーウー。ワンワン」

　「さそい、さそい、静かに」

10

2　目の見えない男性　①

「ワン、ワン、ワン、ひかり、ひかり」

「ひかりさん、犬のさそいさんも馬に乗りたがっているかも」

「ワンワン。乗りたいよ。ワンワン」

「さそいさん、一緒にひかりさんと馬に乗りましょう。将来は、ひかりさんが馬を操縦する時には指し図をしてあげて下さい」

「ワンワン、みるさん、みるさん、任せてちょうだい。ワンワン」

「さそいさん」

「みるさん、はい。ワンワン」

「馬に乗りに行きましょう。さそいさんも」

「ワン。ワン。はい」

「お願いします。さそいやい」

「ワン」

「ひかりさん、視覚障がいになられたのは、いつからですか?」

「先天性です」

「あっ、そうですか……」

「でも、残されている技能はありますから」

「そうですね。この気持ちがまた、日々次のステッ

プへの橋渡しとなりますから」

「みるさん、日本中世界中の視覚障害の方達が全く私の真似はできなくても、人々の心を招くことはできますから。真似と苦で真似苦ではありませんから」

「それって駄洒落ですか？」

「はい」

「ワン」

「面白いです。あっ、着きました。同伴犬のさそいさん道を覚えてくれますか？」

「ワン」

こうして、ひかりとさそいは、指導員みるの案内により一頭の馬の所へいくのでした。

「あかり、新しいお客様ですよ。挨拶をね。ひかりさんと、飼い犬のさそいです」

「宜しく、ひかりです」

「ワン、宜しく、さそいです。ワン」

「ヒヒンヒヒン。こちらこそ宜しくお願いします。ひかりさん、さそいさん」

「さあ、お乗り下さい。先に、た綱を掴みこちらの足をこちらへ掛けます」

2　目の見えない男性　①

　すると、さそいは説明の途中にも拘らずに「ワンワ
ン、キャンキャン」と声を出して、飛び乗るのでした。すると、みるとひかりの２人は笑い声を発するのでした。
　「気の早いさそいさんですね」
　「はっはっは。はい、みるさん」
　「足掛けのところへ掛けている足の体重を掛けます。片方の足を上げます」
　「そうです。では、私が後ろへ乗ります」
　「ありがとうございます」
　「ワンワン」
　「た綱を掴んで下さい」
　「はい」
　「ワンワン。ファイト、ひかり、ワンワン」
　「今日から、しばらくの期間は私が、ひかりさんの手を持って動かしますから、この感覚を覚えていて下さい」
　「はい」
　「ワンワン、ファイト、ひかり」
　「では、いきます」
　「はい」

「ワンワン、みるさん宜しく」

「パカパカパカ」と、蹄の音が心地良く地面の後ろから前へと響き渡らせていくのでした。ひかりの同伴の犬のさそいも、これに負けずに「パカパカパカ、ワンワンワン」と、声を発しているのでした。馬のあかりも負けずに「パカパカ。ヒヒンヒヒン」と声の掛け合いをしているのでした。そうしているうちに指導員みるは３周まわってからひかりへ、「そろそろ直線をご自身でされますか？　楽しいですよ」と話し掛けてくるのでした。

「はい。出来ますかな？」

「ワンワン。ファイト、ひかり、ワン」

「さそいさんも、背中を押していますよ」

「はい。直線といっても、どのようにすれば馬は歩いてくれますか？」

「では、あなたの手を持っていますから、この感覚を、今一度体感で覚えて下さい」

そうして、みるは曲がり角の所へ差しかかった度に操作をした後に直線コーナーを２人で繰り返し、馬の操作の喜びを味わせていくのでした。同時に少しずつでも自信を与えていくのでした。

2　目の見えない男性　①

「ひかりさん、そのうちに曲線とユーターン、助走を覚えてもらいます。いいですか?」

「はい」

「ファイト、ひかり、ワン」

「ヒヒン。ヒヒン。ファイト、ひかりさん」

「馬のあかりも応援していますよ。気長にいきましょう」

「はい、みるさん」

「そろそろ、昼食にしましょう。今日は、時間も空きもあります。続行しますか?」

「宜しくお願いします」

また、そうして、ひかりとみるとさそいとあかりはそれぞれに食事を楽しみながら会話をしに行こうとしているのでした。

「あかり、ここで食事をして待っているんだぞ」

「ヒヒン。ヒヒン。私も行きたい。ヒヒン」

「ワンワン、じゃあ一緒に行こう」

「あかり、行こう行こう」

「ヒヒンヒヒン、ひかりさん行く行く」

そうして、みるは、あかりのた綱を引きながら、

15

「あかり、じゃあ行こう」と話しました。2人と同伴の犬とあかりは、いろんな会話を交しながら食事を楽しむのでした。

　「ひかりさん、午後は曲線の体験です」

　「はい」

　「ひかりさん、数ケ月しましたら後ろに乗って介助はしません。同伴の犬のさそいさんに誘導してもらいます」

　「ワンワン。ひかり、ファイト。ワンワン」

　「さそいさん、お願いしますね」

　「ワンワン。みるさん、OKだよ、ワンワン」

　「この介助犬のさそいは、まるで人間みたいで、また、親子や兄弟姉妹のようですね」

　「犬は、人間を裏切らないですよね。みなさん。さそいさん」

　「はい、私以上に長生きして欲しいです」

　「ひかりさん、みるさん、1秒でも長く生きるよワンワン」

　「ひかりさん、さそいさん、今凄く心が感動しています」

　「ワンワン。みるさん」

２　目の見えない男性　①

「今、私みるもさそいさんからまた、心が癒されました。嫌いの嫌が、去れました。駄洒落です」
「ヒヒン、ヒヒン、私も話がしたい、ヒヒン」
「あっ、そうだ。わるいわるい」と、みると、ひかりと盲導犬のさそいは声を合わせて話すのでした。

「ワン。あかりさんは、両親は？」
「知らない。親無し馬なんだ。ヒヒン」
「ううん。さそいは、ヒヒン」
「ワンワン、知らない、私も知らないワン。盲導犬として訓練される為に養子に連れていかれたんだ。でも、今は、幸せさ。目の見えない人間達の為に役に立っているからね。神様からの指示なんだ、きっと。ワン」
「ヒヒンヒン……」と馬は涙を両目から流しているのでした。後に、「はっ」と考えさせられる事実が、乗馬指導員のみるから知らされたのでした。
「ヒヒンヒヒン。ひかりさんは、両目が見えないけれども、なぜ？乗馬をしたくなったのですか？」
「はい。あかりさん、以前に両目視覚障害の男性がマラソンに、チャレンジされた方が、存在していまし

た。私は競馬の騎手にはなりませんが、日本中世界中の視覚障がいの方が、盲導犬を乗せて、犬の指示に従って競馬に参加して下さる人達が登場してくるかも知れません。私の姿を見てかな」

　「ヒヒンヒヒン。ひかりさんとさそいさんの力によって、多くの視覚障がいの人達へ、勇気が与えられたら良いですね。ヒヒンヒヒン。私は、競争馬としては失格の馬だった為に、ここの乗馬クラブへ連れてこられたんだ。でも、直接、人間達と話ができて幸せです」

　「ワンワン。あかりさん、これからも人間達を宜しく。ワンワン」

　「ヒヒン。ヒヒン」

　「あかりさん、長生きして下さいよ」

　「ヒヒン。ひかりさんも、生きていたら、良いことがあります。あなたの姿をみて、他の多く人間達が勇気付けられますよ、ヒヒン」

　「はい」

　「ワンワン」

　「さあ。そろそろ、ひかりさん、曲線を体験しまし

ょう。これを修得しましたら、ジグザグ歩きも楽です
よ」
　「ワンワン、ファイト、ひかり」
　「じゃあ。お願いします」
　「ヒヒン、ヒヒン、レッツゴー」
　「そうしてみるとひかりと、さそいとあかりは再び
練習へと励み始めるのでした。

　「キャンキャン。ワンワン」と、さそいは、数呼吸
早くあかりの背中へジャンプをして、飛び乗るのでし
た。舌を出し喜び勇んでいるさそいは、「ワン。ひか
り、ファイト」と、ひかりの背中を押すのでした。
　「さそいはまるで子供みたいだね」
　「ワンワン。ひかり」
　「はっはっ。ひかりさんもさそいさんも、じゃあ、
乗られたところを確認しましたので練習を始めましょ
う」

　前からは、盲導犬のさそいが次にひかり、後ろには
みるが、あかりの背なかに乗っているのでした。

「ひかりさん、では先は直線をご自身でしてみて下さい」
「はい」
「はい、停まって下さい」
「はい、では、いよいよ曲線です。右の場合は右のた綱をこのように動かして下さい。体重を少しばかりこのようにこちらへかけて下さい」と、みるはひかりの身体に触れながら指導をしていくのでした。

「いよいよ、難しい技術へと進展していくのですね」
「いいえ、大したことはありませんよ」
「ワンワン。ファイト、ひかり」
「はい。早く、さそいの誘導で乗馬がしたいです」
「頑張りましょう」

そうこうしているうちに、今度は左曲線の訓練を受けていき左右の曲線を交互に行なうことが自ら出来るようになっていくのでした。
ジグザグ歩きも出来るようになり、走行の技術修得をも遂げていくのでした。数ケ月数ケ月の訓練の間には、ジャンプの技術の修得も成し遂げていくのでし

た。

「いよいよ、ひかりさん次回からは盲導犬さそいさんの誘導で乗っていただきます。私は、後ろには乗りません」

「はい。なんだか不安です」

「ワンワン、ファイト、ひかり」

「私、みるも、応援しています。盲導犬のさそいさんも喜びますよ」

「はい。これまでありがとうございます。さそいやい。普段のお礼に馬に乗せてあげるよ」

「ワンワン。どういたしまして、ありがとう」

「では、今日は、お疲れ様でした。次回は、12月23日土曜日は、どうですか？　クリスマスイブの前の日です」

「はい。時間は14時46分では？　みるさん」

「宜しくお願いします。ひかりさん」

「では、お待ちしています」

「ワンワン、じゃあまた、12月23日ワンワン」

「さようなら、また、次回にみるさん」

「お疲れ様でした」

ひかりとさそいは、道中時々「お馬の親子は仲良し
こよし」と口づさみながら帰宅をしていくのでした。
12月23日の土曜の日には、馬のあかりの真実を告
げられるのであります。
　「さそい、12月23日の土曜日には私の前へ乗って
誘導を頼むよ」
　「ワンワン、任せて頂だい。ワンワン」
　そして、12月23日土曜日がきました……。

3　子猫たち、言葉を覚える

　「ニャン。きーく、はーな、はっぴー。さあ、飼い
主のみさきさんから、発音を教えてもらうんだよ」
と、母猫みーこは言いました。

　「ニャン、ニャン。はーい」と、きーくもはーなも
はっぴーも元気良く数回ずつ声を発して、「みさきさ
ん、お願いします」と、腹を上にしてから上半身を起
こし頼むのでありました。「あ」から「ん」までを数
週間発音させていくのでした。その後、手当り次第に
部屋にある物から物へと言葉を教えていくのでありま

した。３匹の猫たちは、みさきから物の名前を訊かれて分からない時は互いに教え合うのでした。
また、３匹の猫たちだけで物の名前の訊き合いをしているのでした。

　いつしか、みさきは、きーくとはーなと、はっぴーの３匹の子猫を連れて外出をしながら物の名前を教えていくのでした。もちろん、道中３匹のそれぞれの猫たちへ、物の名前の復唱をもさせていくのでした。また、３匹の猫たち同士でも、物の名前の問い掛け合いをするのでした。

　時には、みさきは他の作家が書いた「あいうえお歌」を読んであげるのでした。３匹の猫たちはまだ字が読めないので、後を追って読むのでしたが、３匹の呼吸は「バラバラ」でした。３匹は、２本の手と２本の足で座っていたり、尻だけで座り両足を伸ばしていたり、片足を引っ込め片足を伸ばして両手をそれぞれ左腰と右腰のところへもってきたりして、一緒に声を出して遊んでいました。

五十音　北原白秋

水馬赤いな。ア、イ、ウ、エ、オ。

浮藻に子蝦もおよいでる。

柿の木、栗の木。カ、キ、ク、ケ、コ。

啄木鳥こつこつ、枯れけやき。

大角豆に酢をかけ、サ、シ、ス、セ、ソ。

その魚浅瀬で刺しました。

立ちましょ、喇叭で、タ、チ、ツ、テ、ト。

トテトテタッタと飛び立った。

蛞蝓のろのろ、ナ、ニ、ヌ、ネ、ノ。

納戸にぬめって、なにねばる。

鳩ぽっぽーほろほろ、ハ、ヒ、フ、ヘ、ホ。

日向のお部屋にゃ笛を吹く

蝸牛、螺旋巻、マ、ミ、ム、メ、モ。

梅の実落ちても見もしまい。

焼栗、ゆで栗。ヤ、イ、ユ、エ、ヨ。

山田に灯のつく宵の家。

雷鳥は寒かろ、ラ、リ、ル、レ、ロ。

蓮花が咲いたら、瑠璃の鳥。

わいわいわっしょい。ワ、ヰ、ウ、ヱ、ヲ。

植木屋、井戸換へ、お祭りだ。

3　子猫たち、言葉を覚える

　みさきも、3匹の猫も外出時も楽しんでいました。

　「さあ、今度は、3匹の子猫ちゃんたちよ、レストランへ行くから、自分たちで注文するのよ」
　「ニャン、ニャン、わかったよ、ニャン」
と3匹の猫たちは声を合わせて話すのでした。
　3匹の猫たちは「シシャモ、みそしる、アイスミルク」と同時に声を出して注文をするのでした。一方の飼い主のみさきは、「ビフステーキ定食、アイスクリーム」を注文するのでした。

　「きーく、はーな、はっぴー、明日からは国語辞典と漢和辞典の使い方を覚えてもらうからね」
　「ニャン、ニャン、みさきさん、宜しく、ニャンニャン」と、3匹の子猫たちは同時に声を発して喜ぶのでありました。

　「それから、次は字を書けるようになってもらうからね。将来は獣医師のところへ自分たちでいけるようになるためにね」

「ニャンニャン、獣医師って？　ニャン」
と３匹の猫たちは、またまた、同時に声を発して問うのでありました。
「動物のお医者さんよ」
「ニャンニャン、ううん。わかったニャン」
と、３匹の猫たちは声を揃えて応えました。
「お待たせいたしました。料理をお持ちしました」
「ニャンニャン、待っていたよ」と、またまた、３匹の子猫たちは同時に声を発するのでありました。
「ありがとう」

そうして、飼い主のみさきと、３匹の子猫たちは、いろいろと食事と会話を楽しみながら帰宅していくのでありました。

4　子猫たちが字を学んだ後に……

３匹の子猫たちは、飼い主みさきの指導により次から次へと数ケ月の間に、国語辞典も漢和辞典も使いこなせるようになるのでした。
そうして、飼い主のみさきは、この後からは列車の

乗り方や切符の買い方を 3 匹の子猫たちへ教えてい
くのでした。

　途中、視覚障害者のひかりと盲導犬のさそいが訓練
を受けに行っている乗馬クラブへ立ち寄り 3 匹の小
猫たちを馬の背なかに乗せてみさきは楽しませてあげ
るのでした。この時の馬はあかりでした。あかりは特
に、片目が、オレンジ色の子猫、はっぴーと意気投合
するのでした。

　乗馬クラブの指導員のみるは、他の馬で、乗馬をし
ていましたが、字を覚えたての子猫のはっぴーは、歌
詞カードを見ながら「お馬の親子」を歌ってあげるの
でした。他の 2 匹は、それぞれが少し遅れて歌うの
でした。気が付くと、馬のあかりの両目からは涙が流
れていました。

　「この馬は泣いているよ。ニャン」

　「はっぴー、どうしてかな？」

　「きーく、そうだね」

　「はーな、そうだね」

　「ヒヒンヒヒン」

　「この馬はね、父親も母親も知らないんだよ。育て
の親もいなかったから、ここの乗馬クラブへ連れてこ

られてあかりと名付けられたんだよ」と、みさきは言った。

「ニャン。私は、はっぴー」

「ニャン。私は、きーく」

「ニャン。私は、はーな」

「ヒヒンヒヒン。はっぴー、きーく、はーな宜しく。また、来て欲しいよ。ヒヒンヒヒン」

「ニャン。最近、文字を覚えたばかりで」
と、小猫たちは口を揃えて話しました。

「ヒヒンヒヒン、嬉しかったよ」。3匹の小猫たちは言葉文字を覚えたての初体験です。

5　目の見えない男性　②

いよいよ、乗馬クラブの指導員みる、視覚障害のひかり、盲導犬のさそいにとっては、待ちに待った12月23日の土曜日の約束の時間がやってくるのでありました。どんなに、ハンディがあっても、それはそれなりに必らず避けることのできる道が備えられているさ。

街中やプラットホームやテレビやラジオ等からはク

リスマスに相応しい、メロディや歌詞が人間達や動物たちの心を「ドラマチック」にさせているのでした。こういう日でした。

　「ひかりさん、さそいさん、一日早いですがメリークリスマス」
　「みるさん、メリークリスマス」
　「ワン、みるさん、メリークリスマス」
　「ヒヒン、メリークリスマス、ひかりさん、さそいさん」
　「あかりさん、メリークリスマス」
　「ワンワン。あかりさんメリークリスマス」
　「さあ。ひかりさん、さそいさん、いよいよです。私は、馬に同乗はしません。さそいさんが、ひかりさんを、誘導して下さい。ひかりさん期待していますよ」

　「キャンキャン。ワンワン。ファイト。ひかり、任せてワンワン」
　「はい」
　介助犬のさそいは「待ってました」とばかりに、ひ

かりよりも数呼吸も早く飛び乗るのでした。

　「あかり、今日から私は同乗しないから、介助犬のさそいが、ひかりさんを誘導するから頼むぞ」

　「ヒヒンヒヒン。はい。みるさん」

　でも、ひかりは馬の横へは、いったけれども、片方の足を上げようともしないで、た綱を掴もうとしなかったのです……。

　「ひかりさん、さあ」

　「ヒヒンヒヒン」と、ひ爪を強く足踏みしながら、あかりは左ほっぺでひかりの肩を強く打つのでした。

　「ひかりさん、あなたは馬のあかりを今日は怖がっていますね。馬は、それを見抜いています。馬との信頼感はこれから先、事故防止に必要なのですよ。ひかりさん見抜かれています。話すつもりはなかったけれども話します。この馬は両目が産まれた時から見えません。両親も知らないままに、ここへ養子に来られたのです。でも、人間達をこのような体でも喜ばせているのです。同じハンディをもっているのですから分かち合えるはずです」

　「はい。そうですよね」

　　　　　　　　　　　　5　目の見えない男性　②

「ワンワン。ひかり。ファイト」

「ニャンニャン、うそだ。ニャン。ワーワ。ニャン
ニャン」と鳴きながら飼い主の家へと走り帰っていく
のでした。

「ヒヒンヒヒン、はっぴーはっぴーヒヒン」

「さあ。ひかりさん」

「はい。勇気がでました。やります」

「ワンワン、ひかりファイト」

「ヒヒンヒン、ひかりファイト」

「さあ、ひかりさん、さそいさんと一緒に

　そうして、ひかりは今までの馬への恐ろしさは消え
さり、馬に乗るのでした。

「ワンワン、ひかり直線、ワンワン」

「さそい、ありがとう」

………………

「ワンワン、ひかり右曲線、ワンワン」

「さそい、ありがとう」

………………

「ワンワン、ひかり左曲線、ワンワン」

「さそい、ありがとう」

………………

「ワンワン、ひかり水溜まり、ジャンプ」

「さそい、ありがとう」

こうして、いろんなパターンをひかりは他の話もしながらさそいの誘導で楽しみました。

6　母猫みーこ、はっぴーと獣医へ

「ニャンニャン。お母さん、この間行った乗馬クラブで乗った馬のあかりさんの両目が見えないんだって、ワーワーニャンニャン」

「ニャンニャン。ワーワー、ニャンニャン。はっぴーやい。気の毒な馬だね」

「ニャンニャン。この馬と友達になりたいニャン。お母さん」

「ニャンニャン。はっぴーやい。いいね」

「ニャンニャン、きーく、はーな、妹猫のはっぴーと時々でも一緒に行ってあげておくれよ。ニャン」

「みーこ母さん、任せてよ。ニャンニャン」

と兄猫2匹は声を合わせて話すのでした。

「母猫みーこやい。娘のはっぴーの片方の目が心配

だね。早く、今日にでも獣医のところへ連れていく方がいいわよ」

「つるこの言う通りだぞ。ついて行ってあげようか？」

「ニャン、私一匹でも行けるさ。ニャン」

「お父さんお母さんの言う通りに今日、連れていくのよ」

「ニャンニャン。みさきさん、はいニャン」

そうして、暫らくしてから母猫のみーこは娘のはっぴーを獣医へ連れて行くのでした。

「ニャンニャン、お母さんついて行くよ。ニャンニャン」

「ニャンニャン、私はきーくとはっぴーと２匹で行けるよ」

「ニャンニャン、お母さんついて行くよ。ニャンニャン」

「ニャンニャン、はーな、私ははっぴーと２匹で行けるよ。ニャンニャン」

「ニャンニャン、はっぴー行くよ。ニャン」

「ニャンニャン、うん、わかった。ニャン」

「ニャン。『ぱーとなー病院』という名前だよ。ニャン」

「ニャン。うん、わかった。母さんニャン」

「ニャン。動物にも健康保険があるからね。心配しなくてもいいよ。ニャン」

「ニャン。わかったよ、お母さん。ニャン」

「ニャン。きっと、何もないよ。ニャン」

「ニャン。今度、乗馬クラブにいる両目のみえない馬あかりに会いにいくよ。ニャン」

「ニャン。友だちになるんだろう。ニャン」

「ニャン。背なかに乗って声を出して誘導するよ。ニャン。」

「ニャン。楽しみだね。着いたよ。ニャン」

「あっ。みーこさん」

「ニャン、つらぬき先生、今日は娘の、はっぴーを連れてきました。ニャン」

「ニャン。私は、はっぴーです。ニャン」

「こんにちわ。受付けのふらわーです」

34

「ニャン。こんにちわ。ニャン」

「では、お母さん娘さんと診察室へ」

「ニャン、はい。はっぴーやい。ニャン」

「ニャン」

「どうされましたか？」

「ニャン、先生、娘の片方の目がオレンジ色なのが心配です。ニャン」

「はい。診てみましょう」

「ニャン。お願いします。ニャン」と、はっぴーは言いました。

「はっぴーちゃんオレンジ色の方の目をみせてね」

「ニャン」

「お母さん、娘さんは字は読めますか？　片方のオレンジ色でない方は異状はありませんがオレンジ色の方の目は異状がみられます。視力検査、目のレントゲンや写真を撮ります」

「ニャン、お願いします。ニャン。はっぴーやい、わかったね、ニャン」

「みーこさん、猫には人間のような視力はないのですが、見えているか見えていないかはあります」

「ニャン、はい」

「はっぴーちゃん、まずは両目のレントゲンと写真
を撮るからね」
「ニャン、はい」
「はっぴーちゃん、自分でこれるね」
「ニャン、はい」

そうして、つらぬき医師と子猫のはっぴーはレント
ゲン室へ入室していきました。

「はっぴー君、まずは、レントゲンだからね」
「ニャン、はい」
そうしてレントゲン撮影が終わり、「はっぴー君、
次は両目の写真を撮るからね」と、説明をするのでし
た。

「はっぴーちゃん終わったよ。また、診察室で待っ
ていてね。次は、見えているかの検査ね」
「ニャン、はい」

36

6　母猫みーこ、はっぴーと獣医へ

　そうして、つらぬき医師は、現像を済ませて母親みーこと子猫はっぴーが待つ診察室へと戻っていくのでした。そうして、見えていないか見えているかの検査をするのでした。

　「はっぴーちゃん、もう一度オレンジ色の方の目をみせてね」

　「ニャン、はい」

　「はい、いいですよ。はっぴーちゃん、次は見えているかを検査するからね」

　「ニャン、はい、ニャン」

　つらぬき医師は、子猫のはっぴー君の片方ずつの目をつむらせて検査をするのでした。

　「先は、オレンジ色でない方の目から、上から下まで読んでね」

　「ニャン。『どうぶつたちはにんげんたちをあいしています。』ニャン」

　「はい、見えていますね」

　「ニャン、はい、ニャン」

　「次は、オレンジ色の方の目で読んでごらん」

「ニャン、見えません。ニャン」

「はい、いいですよ」

「ニャン」

「お母さんのみーこさん、娘さんを外へ出してくれますか？」

「ニャン、お母さんと一緒に居るよニャン」

「はっぴー君、何を聞いても驚かないかな」

「ニャン、はい、ニャン」

「つらぬき先生、娘は、凄く性格が明るいんですよ。私に似て大丈夫です。女の子ですけれども、ニャン」

「はい、じゃあ告知します。はっぴーちゃんのオレンジ色の方の目は、見えていません。見えるようにはなりません」

「ニャン。角膜移植は無理ですか？　ニャン」

「今の、医学では、無理です。将来は可能になるかも知れません。猫同士の腎臓移植は可能ですが、目は実現していません」

「ニャン、眼内レンズは駄目ですか？」

「白内障の猫の場合はコンタクトレンズがありますが、はっぴーちゃんは無理です」

「ニャン、つらぬき先生、お母さん、片方の目は見

えているからいいよ。死ぬまで、見えている方の目を
守りたいよ。ニャン」

「はっぴー君、時々片方の見えている方の目の健康
診断にくるかな」

「ニャン、はい、ニャン」

「ニャン、はっぴー、じゃあ、帰ろうニャン」

「ニャン、はい、ニャン」

「みーこさん、はっぴーちゃん気をつけて」

「ニャン、はい」と母と子は言いました。

　帰宅途中、みーことはっぴーは、「ダンスは上手く
踊れない猫は足音で踊る」と、歌っていました。

「ニャン、はっぴーやい、片方の見えている方の目
の健康のために、ブルーベリーを飲むかい？　ニャ
ン」

「ニャン、うん、飲むよ、ニャン」

「ニャン、乗馬クラブの両目の見えない馬、あかり
のところへ行くんでしょう。ニャン」

「ニャン、兄猫も一緒に３匹で行くよ。あかりも喜
んでくれるよ、ニャン」

「ニャン、はっぴーやい、馬のあかりを、家へ連れてきても良いよ。ニャン」

「ニャン、うん、ありがとう、ニャン」

「ニャン、飼い主の、じゅんさん、つるこさん、みさきさんには、母さんから目のことを話そうか？　ニャン」

「ニャン、お母さん自分で話すよ。ニャン」

「ニャン、そうかい。ニャン」

「ニャン、お母さん、着いたね。ニャン」

「ニャン、そうだね、ニャン」

7　みーとはっぴーの帰宅後

「ニャン、ただいま、じゅんさん、つるこさん、みさきさん、きーく兄さん、はーな兄さん、ニャンニャン、オレンジ色の方の目はね見えていないんだって、もう、治らないんだって、ニャン」

「ニャン、移植は？　ニャン」

「ニャン、きーく兄さん、今の医学ではね無理だってニャン」

「ニャン、白内障の猫の場合はコンタクトレンズを

はめるけれども娘の場合は無理みたいニャン」

　「ニャン、きっと、はっぴーは優しい猫に育っていくよ……ニャン……」

　「ニャン、はーな兄さん、乗馬クラブの目の見えない馬あかりと友達になるニャン」

　「ニャン、早速明日行く？　ニャン」

　「ニャン、みーこ母さん、行く行くニャン」

　「兄さん猫と３匹で行ってくる？」

　「ニャン、うん、明日、早速ね、つるこさん、ニャン」

　「家へ、連れてきてもいいぞ、明日ね」

　「ニャン、うん明日ね、じゅんさんニャン」

　「ニャン、じゃあ、家で待ってるニャン」

　「ニャン、じゃあ、家で待っててきーく兄さんニャン」

　「ニャン、じゃあ、私も待ってるわ、ニャン」

　「ニャン、じゃあ、待っててはーな兄さん、ニャン」

　「あっ。そうだ、最近向かいの家に猫が産まれたよ。３匹ね」

　「お父さん、どんな猫だったの？」

　「みさき、茶色が２匹で黒猫が１匹だな」

「あなた、不思議ね。私、みたわよ、向かいの白猫は、ミケ猫と交尾をしていたのに、黒猫が産まれるなんて」

「つるこ、ひょっとしたら黒猫とも交尾をしていたかな」

「お父さん、お母さん、昔、生物の先生に教えてもらったことがあるよ」

「それで？」

「お父さん、私も知りたいわ」

「猫にも、劣性遺伝と優性遺伝があるのよ。ミケ猫には黒の猫の遺伝子があるのよ」

「みさき、じゃあ、母猫のみーこの長女猫の片方の目がオレンジ色なのも、交尾をした猫になくても、出るということか？」

「お父さん、過去のみーこの先祖の猫にいれば出るかもね」

「みさき、いきなり出る場合もあるでしょう」

「お母さん、突然変異でしょう」

「そうね。Ｘ　Ｙ　染色体とかでしょう」

「染色体の数に異常があったとかだな」

「お父さん、そうね。初めて遺伝子をもらうことも

あるかな？」

「ニャン、長女猫のはっぴーには申し分けないニャン」

「ニャン、お母さん気にしないでニャン」

「さあ、みーこ、きーく、はーな、はっぴーやい、今夜は魚スープだわよ」

「ニャンニャン、つるこさんありがとう。大好物だよ。ニャン」と４匹の猫たちは声を合わせて話すのでした。

飼い主の父母娘の３人も夕飯を済ませてしばらく家族の会話を過ごしていくのでした。

猫の親子たちもいろいろと会話をして楽しんでいましたが、お互いに飽きてきたので、みんな一緒に合唱をし始めました。

「お馬の親子は仲良しこよし……」

「猫ふんじゃった猫ふんじゃった……」

「ダンスは上手く踊れない猫は足音で踊る……」

と、童謡や最後の流行歌を歌い楽しむのでした。特に母猫みーこの長女のはっぴーは特に顔が輝いて少しばかり涙が零れていました。

43

そうこうしているうちに、ファミリーの方たちは、夢をみる眠りの世界へとつきました。

8　あかりとはっぴーの再会

「ニャン、馬のはっぴーに会ってくるよ。地下鉄代と私鉄のお金と馬に乗るお金と食事代欲しいよ。ニャン」

「はっぴーやい、気を付けて行ってらっしゃい。今日は、あかりを家に連れてくるでしょう」

「ニャン、うん、つるこさん、ニャン」

「気を付けて、連れて帰ってくるんだよ」

「ニャン、はい、じゅんさん、ニャン」

「ニャン、待ってるよ、ニャン」

「ニャン、みーこ母さん、ニャン」

「ニャン、また、後でね、ニャン」

「ニャン、うん、きーく兄さん」

「ニャン、また、後でね、ニャン」

「ニャン、うん、はーな兄さん」

「馬の列車代も払ってあげるんだぞ」

「ニャン、じゅんさん、はい、ニャン」

8　あかりとはっぴーの再会

　そうして、はっぴーは出掛けて行きました。

「ニャン、駅員さん、天駅はいくらニャン」

「はい、100円だよ」

「ニャン、100円、ありがとう、ニャン」

「はい」

　子猫のはっぴーは、買った切符を口にくわえて行く
のでした。そうして、はっぴーは、天駅から私鉄に乗
り換えて、H駅まで行くのでした。

「ニャン、駅員さん、H駅はいくらニャン」

「はい、50円だよ」

「ニャン、50円、ありがとう、ニャン」

「はい」

　子猫のはっぴーは、楽しく、買った切符を口にくわ
えて行くのでした。そうして、はっぴーは、H駅の
改札から乗り場まで小走りで「お馬の親子は仲良しこ
よし……」と口づさみながら乗場クラブまで向かって
行くのでした。

「ニャン、ニャン、こんにちわ、ニャン」

「やっ。いらっしゃい。はっぴーさん」

「ニャン、両目のみえない馬のあかりさんの背なか

45

に乗りに来ました。ニャン」

「はい、宜しいですよ」

「ニャン、誘導は私がします。ニャン」

「はっぴーさん、宜しいですよ」

「ニャン」

「じゃあ、行きましょう。

「ニャン、はい、みるさん、ニャン」

そして、みるははっぴーを案内しました。

「あかりやい、お客さんだよ」

「ヒヒンヒヒン」

「子猫のはっぴーさんだよ」

「ヒヒンヒン、いらっしゃい、ヒヒン」

「ニャン、こんにちわ、ニャン、私、１匹で、乗る
よ。ニャン」

「ヒヒンヒヒン、誘導してよ。ヒヒン」

「ニャン、うん、ニャン」

「じゃあ、あかり、はっぴーさんいってらっしゃい」

そうして、あかりとはっぴーは行きました。

馬のあかりの背なかには子猫のはっぴーが乗ってい
ました。はっぴーの誘導により、左右の曲線やジャン
プの指示をしていくのでした。途中でふたりは、「お

馬の親子」「猫ふんじゃった」「ダンスは上手く踊れない」を歌いながらいろいろと会話を楽しんでいました。会話の一部は、次の通りでした。

　「ニャン、あかりさん、今日はどうしても会いたくて来たんだ。ニャン」

　「ヒヒン、どうしたんだ？　ヒヒン」

　「ニャン、片方の目は産まれた時から、見えないんだ。ニャン」

　「ヒヒン……ふんふん。どうしてだよ。ヒヒンヒヒン」

　「ニャン、わからないニャン」

　「ヒヒン、私は、産まれた時から両目の見えない馬なんだヒヒン」

　「ニャン、ふんふん……ニャン、でも、ふたりは、これからも、友達だよ。ニャン」

　「ヒヒン、お願いね。ヒヒンヒヒン」

　「ニャン、でも、ここへこれて良かったね。ニャン」

　「ヒヒンヒヒン、経済動物といって人間達のお金儲けのために飼われている動物たちは、骨折したり身体に障害があったりすると、殺されて処分なんだ。ヒヒ

ンヒヒン」

「ニャン、じゃあ、あかりさんは？　ニャン」

「ヒヒンヒヒン、ここは民間企業だけれども、飼い馬として養子にきたんだ。ヒヒン、愛玩動物として養なわれてきて助かったんだ。ヒヒンヒヒン」

「ニャン、じゃあ、ペットショップの動物たちは？ニャン」

「ヒヒン、わからないよ、ヒヒン」

「ニャン、ううん、ニャン。あかりさん、今夜、私の家に泊まりにくる？　ニャン」

「ヒヒンヒヒン、嬉しい、ヒヒン」

「ニャン、行こう行こう、ニャン」

「ヒヒンヒン、ありがとうヒヒン」

そうして、ふたりで乗馬指導員へ「はっぴーは家へあかりを1泊させに連れていきたい」と、はっぴーは頼みにいくのでありました。

「はっぴーさん、じゃあ、1泊お世話になりますが、あかりのことを宜しくね。ちょうど、明日はあかりの休日だからね」

「ニャン、そうりゃあちょうどいい、ニャン」

48

「あかり、迷惑を掛けるんじゃあないぞ」

「ヒヒンヒヒン。うん。ヒヒン」

「あかりは、障害馬手帳を持っている馬だから一緒に乗って半額だからね。地下鉄は、全額無料だよ」

「ニャン、うん、わかった。ニャン」

「障害馬手帳は、ここへ入れているよ」

「ニャン、うん、わかった。ニャン」

「じゃあ、気を付けて、いってらっしゃい」

「いってきます。ニャン、ニャン」

「ヒヒン、ヒヒン、いってきます。ヒヒン」

そうして、ふたりは、いそいそと行きました。

両目の見えない馬のあかりの背なかに子猫のはっぴーは乗って、道中では車内も街なかでも、「お馬の親子は仲良しこよし……」と「猫踏んじゃった猫踏んじゃった……」と「ダンスは上手く踊れない、猫は足音で踊る……」を、またまた、口づさんでいました。車内の人間達も、鳥かごを持っているお客さんが居て、このかごの中の鳥も、一緒に加わっていました。近くに居る私も、ふと気が付くと一緒に歌い始めているのでした。

「ニャン、駅員さん、天駅までふたりでいくらです

か？　障害馬手帳がありますニャン」

「おふたりで、50円です」

「ニャン、ありがとう。ニャン」

「ヒヒン、私、払うよ。ヒヒン」

「ニャン、いいよ、ニャン」

「ヒヒン、ありがとう、ヒヒン」

そうしてふたりは私鉄の中を楽しみました。

「ニャン、あかりさん、次は地下鉄へ乗り換えて、大駅までだからね。ニャン」

9　はっぴーの帰宅

「ニャン、ただいま、ニャン」

「ニャン、おかえり、ニャン」

「ニャン、みーこ母さん、ニャン」

「ニャン、いらっしゃい、あかりさん、ニャン」

「ニャン、きーく兄さん、ニャン」

「ヒヒン、こんにちわ、きーくさん、ヒヒン」

「ニャン、こんにちわ、あかりさんニャン」

「ヒヒン、宜しく、ヒヒン」

「ニャン、はーな兄さん、ニャン」

「ヒヒン、はーなさん、宜しく、ヒヒン」

「いらっしゃい、あかりさん」

「ニャン、じゅんさん、ニャン、友だちの馬のあかりさんだよ。ニャン」

「ヒヒン、あかりさん、こんにちわ」

「こんにちは」

「あかりさん、初めまして」

「ニャン、つるこさんだよ。あかりさん」

「ヒヒン、つるこさん、初めまして、ヒヒン」

そしてみんな拍手で、馬を迎えていました。

「あかりさん、今夜から1泊ゆっくりね。飼い猫のはっぴーも喜んでいるよ」

「ヒヒン、じゅんさん、私も嬉しいです。友達になれて、子猫のはっぴーさんと、他のファミリー様たちともね。ヒヒン」

「ニャン、あかりさん娘のはっぴーを宜しくね。ニャン」

「ニャン、あかりさん妹猫のはっぴーを、宜しくね。ニャン」と、兄猫のきーくとはーなは話すのでした。

そうこうしているうちに、猫ファミリーと飼い主３人と馬のあかりは食事をしながら、いろんな話をしていました。馬のあかり自身の生い立ちや、飼い主３人もそれぞれの生い立ちや母猫自身の生い立ちや、日本中世界中の馬や猫の話をしていました。昔、あった外国映画で、獣医師を主人公にした「ドリトル先生不思な旅」の話もしていました。

　そうこうしているうちに、小猫のはっぴーは、馬のあかりへ「ニャン、近所の『ぱーとなー動物病院』で明日、目を診てもらう？　ニャン」と訊くのでありました。馬のあかりは、「ヒヒンヒヒン、保険証持って来ているし行くよ。ヒヒン」と話すのでありました。他の猫たちも飼い主３人も、あかりへ勇気付けていくのでした。

　そうこうしているうちに日付けも変わり、みんなみんな、美しい夢をみたくなり眠りへとつくのでありました。起床後は、みんなみんな素晴しい「夢の話」を語りながら朝食を食べながら話していました。

　午前中から夕方までは、ビデオを観ながらいろいろと討論をしていました。そうこうしているうちに、『ぱーとなー動物病院』の診察時間が近付いてきまし

たので、子猫のはっぴーは馬のあかりの背なかに乗って同伴をして通院させて、乗馬クラブへ見送って行きました。

10　あかり診察

またまた、小猫のはっぴーは馬のあかりの背なかに乗っていました。

「ニャン、あかりさん、左、ニャン」
「ヒヒン、わかった、ヒヒン」
「ニャン、左から車だよ、ニャン」
「ヒヒン、わかった、ヒヒン待つよヒヒン」
‥‥‥‥‥‥‥‥
「パプパプパプパプ」
「救急車が通ります。道をあけて下さい」
「パプパプパプパプ」
「ニャン、少し待とう、ニャン」
「ヒヒン、うん、ヒヒン」
「救急車が通ります。道をあけて下さい」
「パプパプパプパプ」

「ニャン、少し待とう。ニャン」

「ニャン、行ったよ、ニャン」

「ヒヒン、わかった、ヒヒン」

「ニャン、あかりさん、赤信号だよニャン」

「ヒヒン、わかった、ヒヒン」

‥‥‥‥‥‥‥‥‥‥‥

「ニャン、青だよ、ニャン」

「ヒヒン、わかった、ヒヒン」

「ニャン、右の方へ寄ろうか？ニャン」

「ヒヒン、わかった、ヒヒン」

「ニャン、いいよ、ニャン、この調子で」

「ヒヒン、今日は、暖かいね。ヒヒン」

「ニャン、うん、そうだね。ニャン」

「ニャン、次は、右へ曲がってね、ニャン」

「ヒヒン、うんわかった。ヒヒン」

‥‥‥‥‥‥‥‥‥

「ニャン、赤色だよ、ニャン」

「ヒヒン、うん、わかった」

「ニャン、青だよ、ニャン」

「ヒヒン、うん、わかった」

「ニャン、着いたよ、ニャン」

10　あかり診察

「ヒヒン、ありがとう、ヒヒン」

「あっ。はっぴーさん」と、受け付けのふらわーさんが迎えいれました。

「こちらの馬さんは？」

「ニャン、産まれた時から両目が見えないそうで、診察です。ニャン」

「こちらの方のお名前は？」

「ニャン、あかりさんです。ニャン」

「ヒヒン、あかりです。ヒヒン」

「あかりさん、はっぴーさん、どうぞ」

「ヒヒン」

「ニャン」

「つらぬき先生、患馬さんです」

「はい。あっ、はっぴーさん、今日は馬と一緒で？」

「ニャン、こちらのあかりさん、産まれた時から両目が見えなくて診察です。ニャン」

「はい。じゃあ、あかりさん、レントゲンと写真を撮ります。こちらへどうぞ」

子猫のはっぴーさんは、誘導していくのでした。

「ヒヒン。はい。ヒヒン」

55

「はっぴーさんは、外で待っていてね」
「ニャン。はい、ニャン」

　そうして、馬のはっぴーはレントゲンと写真を撮りました。

「はっぴーさん、あかりさんの誘導をお願いします」
「ニャン、はい、ニャン」
　またまた、子猫のはっぴーは馬の背なかに飛び乗って診察室へ連れていくのでした。そうして眼球をも診てもらうのでした。
「あかりさん、今度、ご家族を連れてこれますか？」
「ヒヒンヒヒン、両親はどこにいるかは、知りません。ヒヒン」
「そうですか？　何を聞いても、びっくりしませんね？」
「ヒヒンヒヒン。はい」
「あかりさん、残念ながら治療方法はありません、角膜移植も今の獣医学では無理です」
「ヒヒンヒヒン、やはりヒヒン」
「今、仕事はされていますか？」

「ヒヒンヒヒン、乗馬クラブの馬として、人間達を喜ばせています。ヒヒン」

「そうですか」

「ヒヒン、乗馬クラブには盲導犬を連れて両目の見えない人間が、私の背なかに乗って乗馬を楽しみに来ています。ヒヒン」

「現在、馬は自身の皮フ移植はできます。馬から馬への角膜移植は出来ないのが残念です。人間同士の角膜移植はあってもですね」

「ヒヒンヒヒン、でも、私は両目の見えない馬として生まれてきましたが、片方の目の見えない猫でここにいるはっぴーと知り会えました。幸せです。ヒヒン」

「そうですか。また、あなたに出会える日を楽しみにしています」

「ヒヒンヒヒン。……私もですヒヒン」

「ニャン。あかりさん、そろそろ帰ろうか。また、明日から人間達が待っているからニャン」

「ヒヒンヒヒン。うん。ヒヒン」

「ニャン。先生、さようなら。ニャン」

「ヒヒン。先生、さようなら。ヒヒン」

「ふたりとも気を付けて」

「ヒヒン。はい」

「ニャン。はい」

と、あかりとはっぴーは声を合わせて話すのでした。受け付けの、ふらわーさんも、「気を付けてね」と、ふたりへ話すのでした。また、ふたりは、声を合わせて、「さようなら」と挨拶をするのでした。

　またまた、ふたりは乗馬クラブの所まで、はっぴーは、あかりの背なかに乗って歌いながら向かっていくのでした。一方の猫のはっぴーは自宅まではタクシーに乗って帰宅をしていきました。帰宅後、はっぴーは母猫と兄猫たちと、飼い主さん達へ全ての診察の事実を告げて、はっぴーは眠りへとつくのでありました。

11　目の見えない男性　③

「ワンワン。みるさん」

「いらっしゃい。ひかりさんさそいさん」

「今日も、あかりさんの背なかに乗って乗馬を楽しみたいです。介助犬のさそいが馬のあかりへ誘導をしてもらいます」

11　目の見えない男性　③

「ワンワン。任せて、ワンワン」
「はい、じゃあ、いきましょう」
「はい」
「ワンワン、はい」

「あかり、ひかりさんと盲導犬のさそいさんですよ」
「ヒヒンヒヒン、ようこそ。ひかりさん、さそいさん。ヒヒン」
「じゃあ、どうぞ、ひかりさんとさそいさん楽しんで下さい」
「はい」
「ワン、はい」
　そうして、ふたりは、あかりの背なかに乗って乗馬を楽しみ始めました。介助犬のさそいも誘導もしながら時々会話を楽しんでいました。

「あかりさん、角膜移植は私は不可能みたい」
「ヒヒン。残念ですね。ヒヒン、馬の場合は、今は全ての馬が不可能です。ヒヒン」
「ワン、右へ曲がって、ワン」
「獣医学の発達も期待したいね」

59

「ワンワン、私も思います。ワンワン」

「ヒヒン、片目の見えない猫と友達になったんだ。はっぴーというんだ。ヒヒン」

「その猫とも会いたいですね」

「ワン。ジャンプだよ。ワン、私も、その猫に会いたいよ。ワン」

「ヒヒン、きっと会えますよ。ヒヒン」

「お互いに、両目の見えない人間と両目の見えない馬が知り会えたのは神様の導きかな」

「ヒヒンヒヒン、御縁ですね。ヒヒン」

「ワンワン、左へ曲がって、ワン。盲導犬の私も、御縁さ、ワン。犬の運命もあるもんね。ワン」

「あかりさんは、なぜ？生まれつき両目が見えないのですか？」

「ヒヒンン。知らない。ヒヒン。ひかりさんは？ヒヒン」

「風疹なんですよ」

「ヒヒン、最近また、流行しているね。ヒヒン」

「ワンワン、犬も心配だな。ワンワン」

「あかりさん、今日は、た綱を使っていないのにありがとう」

11　目の見えない男性　③

「ヒヒン、ヒヒン、た綱はなくてもいいよ。ヒヒン。た綱は大嫌いさ。ヒヒン」

「ワンワン、私がた綱さ。ワンワン」

「ヒヒンヒヒン、人間の視覚障害の人達も人間の介助者は一方的に歩かせるかな、ヒヒン」

「はい。支えさせられて歩かせて欲しいけれども、引っぱって歩かされるんです」

「ヒヒンヒヒン。わかるわかる、ヒヒン」

「ワンワン、水溜りだよ。左右のどちらかへ、ワンワン」

「ヒヒン、わかった。ヒヒン」

「ワンワン」

「あかりさん、これからも再会したいです」

「ワンワン、私も、ワンワン」

「私もです。同感です」

「ヒヒン、片方の目のみえない猫も一緒にね。介助犬のさそいさんも一緒にね。ヒヒン」

「ワンワン、いよいよ、時間切れですよ。ワンワン。このまま直進だよ。ワンワン」

「ヒヒン。わかった。ヒヒン」

「あかりさん、お疲れ様です」

「ワンワン、お疲れ様です。ワンワン」

「ヒヒンヒヒン。お疲れ様です。ヒヒン」

　そうして、あかりとひかりと、さそいは楽しい乗馬を楽しみました。暫らく日が、経ってから、あかりとひかりと、さそいの再会の日がやってくるのでありました。……

12　獣医師は乗馬クラブへ

「いらっしゃいませ、私は、みると申します」

「初めまして、つらぬきと申します。こちらにいる、あかりさんと呼ばれている馬と乗馬がしたくてまいりました」

「ありがとうございます。ご案内させて頂きます。どうぞ」

「はい」

「あかり、お客さんだよ。つらぬきさんです。また、楽しませてあげてね」

「ヒヒン、つらぬきさんいらっしゃい、楽しんで下さい。ヒヒヒン」と、２本の手と２本の足を地面に

震わせて喜んでいるのでした。

　そうして、あかりへ拍手をしながら……。

　「あかりさん、宜しく。獣医のつらぬきです」

　「ヒヒン、宜しく、ヒヒン」

　「また、会えて嬉しいです」

　そうして、ふたりは乗馬を楽しみ始めました。

　「ヒヒン、つらぬきさん、ここの他の馬は私の、両目が見えないことを知らないんだ。ヒヒン。だから火災になったら不安でね。ヒヒン」

　「あかりさん、そういう時には仲間の馬に頼んで助けてもらうんだよ」

　「ヒヒン、わかった。ヒヒン。ここに来る人間達は私が両目の見えない馬ということは職員とひかりさんという視覚障害の男性だけなんだ。ヒヒン。それから、子猫のはっぴたちと、つらぬき先生だけだよ。ヒヒン」

　「あかりさん、人間達も動物たちも影の存在の方達は多いね。でも、あかりさんの存在も大きいよ」

　「ヒヒン、つらぬき先生とまた、再会したいです。ヒヒン」

　「私も、同感です」

そうしてまたまた、暫らくしてから、あかりとつら
ぬき獣医師との再会の日がやってくるのでありまし
た。この日のふたりは、楽しい思い出の日となるので
ありました。

13　乗馬クラブの火災

　この日は、夕暮れの少しばかり蒸し暑く空気が乾燥
していて、乗馬クラブの多くの芝生たちも、水分を欲
しがっている時に、ある人物が乗馬を楽しんでいまし
た。煙草の煙をドリンク代わりに体内の胃へ飲み込ん
でいました。

　この時の馬はあかりでした。「ヒヒン、ゴッホン、
ヒヒン」と、声を出していました。でも、この騎手は
そんなことは、無頓着で気にもせずに、吸っちゃあ消
しの繰り返しでした。

　この時の馬のあかりの目の中にも煙が入り苦しそう
に涙を流していました。そうこうしているうちに、騎
手は乗馬を終えてどこかへと去っていくのでした。

　暫らくしてからのことでした。この日の、乗馬クラ

ブの管理は、みるでした。疲れきっていた彼はこの日
は眠り込んでしまっていました。これが不幸への引き
金となりました。

　「ヒヒンヒヒンヒヒン」と、全ての馬たちは泣いて
いました。でも、まだ、みるは眠りこんだままでし
た。

　そうこうしているうちに、他の火災現場へ出動をし
た後に消防署へ戻る途中の消防隊員達から発見される
のでした。

　「ウーウーウー、カンカンカン、ウーウー、カンカ
ンカン」と、響き渡る音で、やっと、みるは気付くの
でした。

　芝生は、赤い火の池と化しているのでありました。
馬の舎にまでも火が移る寸前でありました。

　慌てて、みるは全ての馬を乗馬クラブから逃がせる
のでありました。「取り合えず明日戻ってきてくれよ」
と何回も何回も話していました。でも、彼はあかりの

ことを忘れていたのです。両目の見えない馬であることをです。あかりを除く馬たちは全て近所の乗馬のクラブ員の家へと逃げていくのでした。

　でも、悲しいことに馬のあかりは無造作に逃げ廻っていました。火の池のところでは、数回こけたりするのでありました。あかりは、「ヒヒンヒヒン、はっぴーさん、はっぴーさん、ヒヒン、はっぴーさん、ヒヒンヒヒン」と、数え切れないぐらいに助けを求めていました。なんとか熱さを感じないところへと逃げていけましたが、あかりの身体には火がついてるのでありました。

　現場に居合わせている消防団員の力により、馬のあかりの身体へと放水をして下さるのでありました。完全に、あかりの身体から火が消えてしまってからでも消防団員は放水をして下さるのでありました。
　そうこうしているうちに、天の恵みか、馬のあかりの身体の上から雨が降り注いでくるのでありました。

　なんとなんと、それは馬のあかりの身体の上からだ

けでありました。乗馬クラブの芝生の火の池は、すで
に黒い灰の土の道に化けているのでありました。冷た
い雨水でした。

　まだ、陽が昇らず深夜でありました。空は、なぜ
か？不思議なことに星が無数にあり、火災現場の乗場
クラブを灯しているのでありました。満月が火傷をし
た馬のあかりを、みつめているのでした。こんなこと
は、馬のあかりは気付きもしません。

　この、満月が火傷を負っている馬のあかりへ声を掛
けることが、できたならば、あかりは、満月へ「友達
で、片目の見えない猫が、大駅の近くに住んでいるか
ら今のことを、知らせておくれ」と、頼めるのであり
ますが、こういうことは、SF小説のなかのことだけ
であります。

　そうこうしているうちに、あかりの友達の子猫のは
っぴーは、飼い主の家で睡眠の解放感から悲しさと寂
しさの心へと誘い込まれていくのでありました。

「ニャンニャンニャン」とはっぴーが……

「ニャンニャンニャン、みーこ母さん、きーく兄さん、はーな兄さんニャンニャン」

「ニャンニャン、じゅんさん、つるこさん、みさきさん、ニャンニャン」

と、幾度も幾度も順々に同じことを話すのでありました。

「ニャン、はっぴーどうしたのニャン」

「ニャン、みーこ母さん、あかりさんが、大変だよ、ニャン」

「ニャン、大変って？ニャン」

「ニャン、きーく兄さん乗馬クラブが火事なんだよ、ニャン」

「ニャン、火事だって？ニャン」

「ニャン、はーな兄さん、夢で見たんだよ。ニャンニャン」

「夢で、見たって？」

「ニャン、じゅんさん、あかりさんがね、やけどを、

しているよ、ニャン」

「心配だわね」

「ニャン、つるこさん、今から行って会ってくるよ、ニャン」

「今からだって？」

「ニャン、みさきさん、ニャン」

「ニャン、列車は動いていないよ。ニャン」

「ニャン、みーこ母さん、タクシーで行くよ。ニャン」

「ニャン、飼い主の皆様、タクシーを呼んで下さい。ニャン」

「わかった」

「ニャン、じゅんさん、ありがとう。ニャン」

「ピポピポピポ」と、ダイヤルの音が。

「はい、月星タクシーです」

「じゅんと申します。今から、H市の乗馬クラブまでお願いします。飼い猫のはっぴーが1匹で行きます」

「すぐにまいります」

「ありがとうございます」

「いえ」

「どうも」

「ピンポン、ピンポン」と、チャイムが鳴りました。

「はい」

「つるこさん、月星タクシーです」

「はい」

「ニャン、月星タクシーさん、はっぴーです。Ｈ市の乗馬クラブです。ニャン」

「はい。かしこまりました。行きましょう」

「ニャン、はい、ニャン」

「いってらっしゃい」

「ニャン、じゅんさん、ニャン」

「いってらっしゃい、あかりさんは大丈夫だわよ、心配しないで、はっぴーちゃん」

「ニャン、つるこさん、ニャン」

「あかりさんを家へ連れてきてもいいよ」

「ニャン、はい、みさきさん、ニャン」

13　乗馬クラブの火災

「ニャン、いってらっしゃい、ニャン」

「ニャン、みーこ母さん、きーく兄さん、はーな兄さん、ニャン」

「はっぴーさん、こんなに遅くなぜ、H市の乗馬クラブへ？」

「ニャン、乗馬クラブが火災で友達の馬であかりさんが、ケガを負っている夢をみたんだ。ニャン」

「まさゆめですか？」

「ニャン」

「ピッピッピッピー」という時報がラジオから流れてきました。

「午前2時のXYZニュースです」

「先は、火災のニュースです。H市乗馬クラブの芝生の全焼と馬舎の一部が燃えました。原因については今、調査中であります。全ての馬は知り合いで人間の友達の所の方へと、避難したと思われます。この日の管理を任せられている調教師から詳しい状況を警察

が、訊いているところであります。

　繰り返します。Ｈ市の乗馬クラブの芝生が全焼し馬舎の一部が燃えましたが馬は全て、人間の友達のところへ避難したと思われます」

　「次のニュースですが、本日から明日へ、かけて天神祭りが……」

　「はっぴーさん、どうやら全ての馬たちは、人間の友達のところへと避難したようですね」
　「ニャン、友達の馬のあかりさんは、両目が見えないから心配なんです。ニャン」
　「そうですか。それは、心配ですね」
　「ニャン、怪我をしていたら、大駅近くの『ぱーとなー動物病院』のつらぬき先生に診てもらうんです。ニャン」
　「そうですか」

　「次のニュースですが、日本全国素人乗馬大会が……」

「日本中、世界中の馬たちは、人間達の金儲けだけのために産まれてきたり、人間達の心を勇気付けるために産まれてきたり……複雑です」

「ニャン、人間たちも同じかもね。ニャン」

「そうですね。企業を儲けさせるだけに産まれてきたのか？……」

「ニャン、猫もいっしょかな。ニャン。ペットショップの猫たちも最初の子どもたちは人間から飼われて、後は家で飼われても、子孫の運命はね？ニャン」

「次のニュースです。動物愛護条例の見直し……」

「ペットショップは引き取って養子には迎えないしね」

「ニャン、遺棄される子猫は女の子が多いんですよね。ニャン。時々、野良猫と話をしたら、そうなんでよね、ニャン」

「午前２時の XYZ ニュースでした」

「母猫のみーこさんは、元気ですか？」

「ニャン、はい、元気です。ニャン、みーこ母さん
は妊娠猫の時に前の飼い主から見離されたんです。ニ
ャン」
「前の飼い主は、酷いですね」
「ニャン、でも、今は素晴しい飼い主と出会えて、
幸せです。ニャン。今夜もこうしてタクシー代を払っ
てもらって、友だちの馬のところ行けますから、ニャ
ン」
「人間と馬と猫の三拍子の愛ですね」
「ニャン、はい、ニャン」
………………

「はっぴーさん、着きました」
「ニャン、ありがとう。ニャン」

　そうして、はっぴーは支払いを済ませて、友だちで
ある両目の見えない馬の、あかりの名前を呼びながら
捜し求めるのでありました。

　しばらくしてからのことでありました。
「ニャンニャン、あかりさん、あかりさん、ニャン

ニャン」と幾度も幾度も呼び掛けをして、その結果、
効果があり、馬のあかりからも呼び掛けの声が聞こえ
てくるのでありました。

　「ヒヒンヒヒン、はっぴーさんはっぴー。嬉しいよ、
はっぴーさん、ヒヒンヒヒン」と、幾度も幾度も聞こ
えてくるのでありました。

　「ニャンニャン、あかりさん会えて嬉しいよ。ニャ
ンニャン」
　「ヒヒンヒヒン、会いたかったよ。ヒヒン」
　「ニャンニャン、あかりさん凄いやけどだよ。ニャ
ンニャン」
　「ヒヒン、ヒヒン、もう人間達を喜ばせてあげられ
ないよ。ヒヒン」
　「ニャン、まだわからないよ。ニャン」
　「ヒヒン、経済動物は治療を受けられずに殺されて
いくんだ。ヒヒンヒヒン」
　「ニャン、乗馬クラブの指導員のみるさんならば、
そんなことはしないさ、ニャン」
　「ヒヒンヒヒン、競馬の馬は骨折をしたら、殺され

るんだよ、ヒヒンヒヒン」

「ニャンニャン、酷い話だな、ニャン」

「ヒヒン、はっぴーさん、今日は、ありがとう。こんな、ま夜中にヒヒン」

「ニャン、大丈夫だよ。ニャン、それよりも今から、大駅近くの、『ぱーとなー動物病院』のつらぬき先生のところへ、行って診てもらおうよ。ニャン」

「ヒヒン、みるさんが心配するよ。ヒヒン」

「ニャン、事務所は燃えていないから手紙書いておくよ。電話番号も、ニャン」

「ヒヒン、そうかい、ヒヒン」

「ニャン、そうだよ、治療を受けたら、身体が楽になって気分爽快になるよ。ニャン」

「ヒヒン、ありがとう、そうかい、ヒヒン」

「ニャン、あかりさん、駄洒落かな？　ニャン」

「ヒヒン、そうだよ、ヒヒン」

「ニャン、そろろろ始発列車だから、行こうよ。ニャン」

「ヒヒヒン列車代が無いよ、ヒヒン」

「ニャン、心配はいらないよ、ニャン」

「ヒヒン、ありがとう、ヒヒン」

そうして、子猫のはっぴーは馬の背なかへ見付けた毛布を被せてあげて飛び乗って馬のあかりへ、乗馬クラブから駅へとまた、駅から駅へと、そして自宅まで誘導するのでありました。

自宅へと到着するまでの間は、今回は一切歌を唄うことはしていませんでした。

道中ふたりは「世間話」をしたり神様の話をしていました。「今度、元気になったらさクリスマスをしたいね。教会へ行こう」と話し合っていました。そうこうしているうちに自宅へと到着するのでした。

14　あかり、３匹の猫と飼い主と再会

「ニャン、ただいま。ニャン」
「ヒヒンヒヒン、おはようございます。宜しくお願いします。ヒヒン」

「ニャン、お帰りなさい。ニャン」と母猫と、兄猫たちは声掛けてあげるのでした。

「お帰りなさい。あっ。あかりさん、お久し振りで」
と、じゅんとつること、みさきは、話すのでありまし

　「ニャン、あかりさんは、やけどをしているよ。ニャン」と話しながら毛布をはっぴーがとるのでした。

　「酷いやけどじゃない」と、じゅんとつることみさきは、話すのでありました。
　「ニャンニャン、ひどいひどいやけど。ニャンニャン」と、母猫みーこと２匹の兄猫のきーくとはーなは話すのでした。

　「ヒヒンヒヒン、痛いよ、ヒヒン」
　「ニャン、今日、『ぱーとなー病院』へ連れて行くよ。ニャン。ニャン」
　「その方が、いいよ」と、じゅんとつることみさきは、はっぴーへ話すのでありました。

　「ヒヒンヒヒン、元の皮フになるのかな。ヒヒンヒヒン。経済動物といって、人間達の利益のために産まれてきたから、ヒヒン心配だ。ヒヒン」

「ニャン、心配しないで、ニャン」と、4匹の猫たちは励ますのでありました。

「そうだよ。心配せずに、案ずるよりは産むが易しよ」と、3人も励ますのでした。はっぴーは再びあかりへ毛布を被せてあげました。

そうして、はっぴーはあかりと通院しました。

15 あかりとつらぬき獣医師の再会

「あっ。あかりさんとはっぴーさん」

「ヒヒンヒヒン、ふらわーさんはっぴーと今日も一緒です。ヒヒン」

「ニャンニャン、あかりさんが昨夜の乗馬クラブの火災でやけどを負っています。診てもらいにきました。ニャン」

「えっ。ちょっとみせてね」と言って毛布をめくってみるのでありました。

「酷いやけどですね。直ぐに診てもらいましょう。中へ入って下さい」

「ヒヒン、お願いします。ヒヒン」

「ニャン、お願いします。ニャン」

「先生、あかりさんです」

「はい」

「ニャン、昨夜のＨ市の乗馬クラブの火災で、あか
りさんがやけどを負っています。診てもらいにきまし
た。ニャン」

「ヒヒン、痛いです。ヒヒン」

つらぬき医師は、あかりの身体を診てから、とっさ
に「獣医大学病院へ入院です」と話すのでありまし
た。

「ジリリンジリン」と、電話の音が鳴るのでありま
した。

「ふらわーさん電話お願いします」

「はい。先生」

「ジリンジリン」

「はい、ぱーとなー動物病院です」

「そちらへ、馬と子猫が行っていますか？」

「つるこさん、来院しています」

「乗馬クラブのみるさんが、『心配をしている』と電

話がありまして」

「少し待って下さい」

「はい」

「先生、乗馬クラブのみるさんから、つるこさんの方へ電話がありまして、あかりさんのことを知りたいということです」

「救急車で獣医大学病院へ搬送をして入院」

「はい」

「つるこさん、あかりさんは救急車で獣医大学病院へ入院です」

「はい、直ぐに知らせます」

「はい」

「失礼します」

そして、つらぬき医師は獣医大学病院へ、電話を掛けるのでありました。

「はい。獣医大学病院です」

「内線 3896 です」

「はい」

「ジリリンジリン」

「はい、救急外来」

「ぱーとなー動物病院のつらぬき医師です」

「はい」

「馬１頭を救急車で搬送です。許可をお願いします」

「少々お待ち下さい」

…………

…………

「お待たせしました。お待ちしています」

「ありがとうございます」

「プッ」

「プッ」

と、電話を切る音が……。

「プップップッ」と、ダイヤルをして、つらぬき医師は救急車を呼ぶのでありました。

「消防です」

「救急です。馬１頭を獣医大学病院までの搬送依頼です。ぱーとなー動物病院です。」

15　あかりとつらぬき獣医師の再会

「了解しました」

「はい」

「プッ」

「プッ」

と、電話を切る音が……

「あかりさん、はっぴーさん、本日は当院は休院です。ご一緒します。手術になります」

「ヒヒンヒヒン、全身麻酔？ヒヒン」

「はい」

「ヒヒン、動物は局所麻酔は、しないのですか？ヒヒン」

「局所麻酔もありますが、あかりさんは、無理です」

「ピポピポピポピポ」と、救急車が……

「あかりさん、はっぴーさん行きましょう」

「ヒヒン」

「ニャン」

「ふらわーさん、留守番を宜しく」

「留守番ですね。はい」

また、すでにはっぴーはあかりの背中にいました。

83

「ご苦労様です」

「宜しいですよ。つらぬき先生」

「動物大学病院へは連絡はしています」

「そうですか」

「はい。あかりさんという名前の馬です」

「あかりさんですね」と２人の隊員が訊いた。

「ヒヒンヒン、はい、あかりです」

と、３人の救急隊員へあかりは応えるのでありました。

「あかりさん、ストレッチャーへ移りますか？」

「ヒヒン、はっぴーさん大丈夫です。ヒヒン」

「では、リフトで」

「ヒヒン、はい、ヒヒン」

「では、行きますから」

と、３人の救急隊員はあかりへ話し掛けてくるのでありました。

「つらぬき先生、どうぞ」

「はい」

「念のために、動物大学病院へ問い合わせます」

「はい」

15　あかりとつらぬき獣医師の再会

「ピポピポピポ」

「ジリンジリン」

「はい、動物大学病院」

「救急外来を、お願いします」

「はい」

「ジリンジリン」

「はい、救急外来です」

「消防です。馬1頭を、ぱーとなー病院さんの紹介により搬送しますが宜しいですか？」

「おききしています。お待ちしています」

「はい」

「どのぐらいで到着しますか？」

「30分ぐらいです」

「はい」

「プッ」

「プッ」

「ピーポーピーポピーポ」と、動物大学病院へと向かっていきました。

「あかりさん大丈夫ですよ」

「ヒヒン、隊員さん、私は経済動物ですから処分されないかな？　ヒヒン」

「あかりさん、馬の愛護会が守ってくれますよ」

「ヒヒン」

「乗馬クラブは無理でもきっと他の形で、守ってくれますよ」

と、３人の救急隊員は交互に話していました。

「ニャン、あかりさん手術入院の時には、側（そば）にいてあげるよ。それから絵本を読んであげるよ。ニャン」

「ヒヒン。ありがとう」

「ヒヒン、つらぬき先生、動物大学病院は、死後に研究のために私の体を献体できますか？ヒヒン」

「動物大学病院にも、人間と同じように献体はあります」

「ヒヒン、献体登録をします。ヒヒン」

「あかりさん、その話はまた、元気になってからで」

「ヒヒン」

「まもなく到着します」と、運転担当の隊員が話すのでした。

また、助手席の隊員は「救急車通ります。右をあけて下さい」と、数回呼び掛けていました。

　「救急車が左へ曲がります」という音声も聞こえてきていました。

　「ピーポピーポー」「プッ」と、サイレンの切れる音がするのでありました。

　動物大学病院内から数人の職員が救急車の方へ走り寄ってくるのでありました。馬用のストレッチャーを押しながらやってくるのでありましたが、あかりは診察室へと歩いていくのでした。

　「つらぬき先生お久し振りです。卒業以来ですね。本日の担当医のカップルです」
　「カップル先生宜しく」
　「宜しく」
　「早速、馬の画像診断ですね」
　「はい」
　カップル医師は、女医さんでまだつらぬき医師と同じく独身でありました。

そうこうしているうちに、馬のあかりの左前の手が折れているのがみつかるのでありました。あかりは、我慢をしているのでした。

そうして、２人の医師は馬のあかりの手術を担当していくことになりました。

16　あかりへのお見舞い

「馬のあかりさんへ、乗馬クラブからみるさんが面会です」と、１人の看護師が診察室へやってくるのでありました。

「中へ通して下さい」
「はい、カップル先生」
「あかりさん」
「ヒヒン、看護師さん」
「みるさん、どうぞ中へ」
「はい」
「あっ。はっぴーさん、あかりさん大変だったね」
「ヒヒン、みるさん、猫のはっぴーさんがぱーとなー動物病院へ連れていって頂いて、つらぬき先生が救

急車を呼んで下さって、ここまで連れてきてもらえました。ヒヒン」

「はっぴーさん、つらぬき先生、お世話を掛けました」

「とんでもございません」

「ニャン、馬のあかりさんの友達だもんね。ニャン」

「ありがとう」

「私は、ここの動物大学病院の、カップル医師です」

「初めまして、みるです」

「初めまして、馬のあかりさんは前の左手が骨折をしていて皮フがやけどを負っています。手術が必要です」

「カップル先生、どんなことをしてでも治してあげて下さい。お願いします」

「はい、つらぬき先生と精一杯全力を尽くします」

「ヒヒンヒヒン」

「みるさん、実はあかりさんは私は、経済動物だから殺されると心配していたのです」

「つらぬき先生、あかりさん大丈夫です。乗馬クラブの馬は人間同士の家族同様です」

「ヒヒン」

「あかりさん、良かったね」

「ヒヒン、つらぬき先生、ヒヒン」

「みるさん、皮フ移植の手術を来週から、7日後にします」

「お願いします」

「つらぬき先生の休院日に実施します」

「つらぬき先生、カップル先生、お願いします」

「ヒヒン、お願いします。ヒヒン」

「はい」と、2人の医師は応えました。

「皮フ移植は、豚の皮フを使うのですか？」

「馬は、自分の皮フを使います。伸びますから伸ばしてから移植します」と、つらぬき医師は説明をするのでありました。

「それと、馬は人工骨を海外からもらって移植します。あかりさんは骨が砕けています。たとえ、自分の骨を移植しても拒絶反応を起こすかも知れません」

「カップル先生、そうなんですか？」

「はい、今日は、そろそろ病室へ入ってもらいます」

「ヒヒン、はい、カップル先生、ヒヒン」

そうして、看護師と2人の医師の案内により病室

へと向かっていくのでありました。

　この日は、子猫のはっぴーが共に一夜を明かすのでありました。

　子猫のはっぴーは馬のあかりへ数作品の絵本を読んであげたり、いろいろと楽しい話をしてあげているのでした。

　次の週の、皮フ移植は、手術前も手術中も手術後も血圧も脈も全て正常でありました。

　皮フ移植の手術も１回の手術で大成功となり２人の医師も、あかりも、はっぴーも、じゅんも、つるこも、みさきも、みーこも、はーなも、大喜びでありました。

　そうこうしているうちに、海外から馬のあかりの左手骨折の手術のための人工骨が届いてくるのでありました。

　手術が１週間後に決定した夕方のことでありました。

みーこ、きーく、はーな、はっぴーの４匹の猫たちは飼い主の、じゅんとつることみさきの３人を連れて面会へとやってくるのでありました。

　「ヒヒンヒヒン、はっぴーさん、みーこさん、きーくさん、はなさん、じゅんさん、つるこさん、みさきさん今回のことでは、いろいろとお世話になりました。ヒヒンヒヒン」と、挨拶をしているのでありました。

　最後に、あかりへ「励ましの言葉」を告げて帰って行くのでした。はっぴー以外はね。

17　あかりとひかりとさそいの再会

　「あかりさん、ひかりさんとさそいさんという犬が面会に来ていますよ」
　「ヒヒン、会いたいですよ。ヒヒン」
　「ニャン、私も会いたいです。ニャン」
　「はい、お呼びします」と、看護師は話すのでありました。

17　あかりとひかりとさそいの再会

　そうして、ふたりを呼びにいくのでありました。

　「ひかりさん、さそいさん、どうぞ病室の方へお入り下さい」

　「はい。助かります」

　「ワンワン、嬉しいです。ワンワン」

　「入ります」

　「ヒヒン、どうぞ、ひかりさん、ヒヒン」

　「ニャン、どうぞ、ひかりさんさそいさんどうぞ、ニャン」

　「ニャン、奥へ歩いく右です。ニャン」

　「はい、どうも」

　「ワン、久し振りです。猫のはっぴーさん初めまして、ワン」

　「ニャン、初めまして、ひかりさんさそいさん、ニャン」

　「ヒヒン、ひかりさんさそいさん、嬉しいです。ヒヒン、Ｈ市の乗馬クラブの火災で火傷と骨折をしてしまってね。ヒヒン」

　「あかりさん、それでもう、良くなりましたか？」

　「ヒヒン、火傷の方は皮フ移植も成功しまして、後

は左手骨折の人工骨の移植が終わって元気になったら退院です。ヒヒン」

「ワンワン、元気になったら、また、あかりさんの背中に乗って乗馬を楽しみたいです。ワンワン」

「私も、早くあかりさんの背なかに乗って乗馬を楽しみたいです」

「ヒヒン、ひかりさんさそいさん、待っています。ヒヒン」

「ニャン、私も母猫と兄猫ふたりと私で、4にんであかりさんの背中に乗って乗馬を楽しみたいです。ニャン」

「ヒヒン、待っていますよ。ヒヒン」

「乗馬クラブの火災の原因は、未だ判明していないんですね？」

「ヒヒン、そうみたいです。ヒヒン」

「ワンワン、判明したら良いのにね、ワン」

「ニャン、それからね次のあかりさんの手術の時には、兄猫3人と看病するよニャン」

「ワンワン、あかりさんはご家族は居ないんですか？　ワンワン」

「ヒヒン、両親はどこに居るかは知らないんです。

両目が生まれ付き見えずに、乗馬クラブへ養子にきた
のです。ヒヒンヒヒン」

　「でも、今は不幸な事故に遭ってしまったけれども、
多くの動物たちの愛に出会えたね」

　「ヒヒンヒヒン、はい、本当に幸せです。ヒヒンヒ
ヒン」

　「ニャン、私は片方の目が生まれ付き見えていない
けれども、もし見えていたならば、あかりさんのこと
にも、目を向けなかったかもしれない。ニャン」

　「ワンワン、あかりさんのことをこれから宜しくね。
ワンワン」

　「ニャン、いやいや、私はあまり何もしてあげられ
ないけれども、私は元気だし。ニャン、これからも友
達でいてね、ニャン」

　「はっぴーさん、私の盲導犬のさそいさんとも友達
になって欲しいな」

　「ニャン、はい、私からも宜しく、ニャン」

　「ワンワン、宜しく、ワンワン」

　「さそい、良かったな」

　「ワンワン、はい、ワンワン」

「ヒヒンヒヒン、あーあ。楽しみだな、またみんなで会える日を、ヒヒン」

「ワンワン、そうだな、ワンワン」

「ニャンニャン、うんうん、ニャン」

「私も、楽しみにしています」

「家路」の音楽が、病室と院内へ流れているのでした。

「動物たちも人間達と同じように睡眠をとらなければなりません。面会の人間達も、面会の動物たちも、お帰り下さいませ。人間達は動物たちから、勇気付けられています。ゆっくりと休ませてあげて下さいませ」と、メッセージが流れていました。

それで、ひかりと盲導犬のさそいは、あかりとはっぴーへ別れを告げて帰宅していくのでありました。

「ニャン、あかりさん疲れたでしょう。ゆっくりと休んでね。ニャン」

「ヒヒン、ありがとう。ヒヒン、はっぴーは？」

「ニャン、少しばかりね、ニャン」

そうして、ふたりは、互いに「お休み」と言葉を交わして眠りへとつくのでありました。

18　小猫たちによるあかりの看病

　いよいよ、あかりの左手骨折のための人工骨の移植の日がやってくるのでありました。

　子猫たち３匹は朝からあかりの病室で待機をしているのでありました。手術前準備のための点滴をされている状態でしたが、子猫たちはあかりへ、楽しい話や駄洒落で心を和ませているのでした。
　「ニャン、馬のあかりさんの体の中からは、明かりよりも輝やかしい光が出ているよ。視覚障がい者のひかりさんと同じさ。さんが、ふたりで、さんさんとね。ニャン」
　「ヒヒン、きーくさん、ありがとう。今の駄洒落は心の薬になって効くよ。ヒヒン」
　「ニャン。薬になって効果となって効くと手術が終わって元気になったら、両手両足で、元気にキックキックをして蹴れるね。ニャン」

「ヒヒン、はーなさん、ありがとう。はーなさんは花が好きでしょう。キックが、両手両足で出来たら菊の花を 4 本あげるね。キックキックキックキックだもんね。ヒヒンヒヒン」

「ニャン、葉っぱを食べられるようになる前に元気付けるための言葉を体にかけるね。気合いと激励と激しい発破だよ。ニャン」

「ヒヒン、はっぴーさんありがとう。ヒヒン。葉っぱの葉、気合いと激励の厳しい発破だよ。ニャン」

「ヒヒン、はっぴーさんありがとう。ヒヒン。葉っぱの葉、気合いと激励の厳しい発破が、はっぴーに発音が変わるね。ヒヒン」

「ニャン、今度、競馬の馬の給料が世界中で昇給されるよ。ニャン」

「ヒヒンヒン。それは喜ばしい話だね。競馬の選手の給料ばかり上がり、乗馬クラブの馬は気の毒さ。ヒヒン。きーくさん、ヒヒン」

「ニャン、今度、乗馬クラブにも白馬としま馬が登場するらしいよ。ニャン」

「ヒヒン、はーなさん、馬たちも種族に違いはあっ

18　小猫たちによるあかりの看病

ても馬種差別はいらないさ。ヒヒン」

「ニャン、馬車にも、しま馬が登場するよ。将来は西部劇にもかな。ニャン」

「ヒヒン、はっぴーさん、馬たちも種族を問わずに参加の場が増えていくといいね、ヒヒン」

そうして………………。

「あかりさん手術の時間です。いきましょう」

「ヒヒン、はい。つらぬき先生」

「馬用のストレッチャーでいきます」

「ヒヒン、はい、看護師さん、ヒヒン」

「乗馬クラブの指導員のみるさんから、手術の無事を祈っています。とのことです」

「ヒヒン、はい、つらぬき先生。ヒヒン」

そして、手術室へと入っていくのでありました。手術前も手術中も手術直後も数時間後も、血圧も脈も体温も全て正常でありました。

そうこうしているうちに手術も終えて、病室へと戻っていくのでありました。

「あかりさん起きて下さい。手術終わりました」

「ヒヒン、ありがとうございました。ヒヒン、つらぬき先生、ヒヒン」

「頑張りましたね」

「ヒヒン、ありがとうございました。カップル先生。ヒヒン」

「２時間程しましたら飲食をされても良いですよ」

「ヒヒン、はい。看護師さん、ヒヒン」

そうして、３人は病室から退室をしていくのでありました。

ふと、気が付いたらいつのまにやら、あかりは眠っていました。２時間程経ってから目をさますのでした。と、同時に猫たちも目をさますのでありました。

「ニャン、あかりさん何か飲みたいのはある？ニャン」

「ヒヒン、きーくさん、野菜ジュース。ヒヒン」

「ニャン、買ってくるね。ニャン」

「ヒヒン、きーくさんありがとう。ヒヒン」

「ニャン、あかりさん何か？食べるニャン」

「ヒヒン、たこ焼が食べたいな。ヒヒン」

「ニャン、買ってくるよ。ニャン」

「ヒヒン、はーなさん、ありがとう。ヒヒン」

「ニャン、何か欲しい物は、ある？ニャン」

「ヒヒン、100円ショップのイヤホーンかな。ヒヒン。ラジカセ聴きたいから、ヒヒン」

「ニャン、買ってくる。ニャン」

「ヒヒン、ありがとう、ヒヒン」

………………

こうして、3匹の小猫たちの優しき介護や対話により、馬のあかりは、みるみるうちに身体が回復していくのでありました。数回程乗場クラブ指導員の、みるも面会へ来て、職場復帰の約束を果たすのでありました。

数十日の、小猫たちの愛に恵まれた馬のあかりは幸せそのものでした。

そうこうしているうちに、馬のあかりは、元の体に戻るのでありました。

19　あかり退院

朝の早くから動物大学病院上空には、数え切れない

程の雀と鳩とカラスの合唱団たちが、朝焼けを照明代りに太陽をスポットライトにしながら歌を唄っていました。この情景は、あかりが入院している病室からみることが出来るのでした。

　鳥たちは、歌と歌の間に、「あかりさん、退院おめでとう」と空から呼び掛けてくれているのでした。

　そうこうしているうちに猫たち4匹が、あかりの病室へとやってくるのでした。母猫みーこ、長男猫きーく、次男猫はーな、長女猫はっぴーがやってくるのでした。

　「ニャン、あかりさん、退院おめでとう。ニャンニャン」
　「ヒヒン、みーこさん、ありがとう。ヒヒン」
　「ニャン、あかりさん、今日は、トラックを待たせているから後ろに乗って、乗馬クラブまで帰ったらいいよ。ニャン」
　「ヒヒン、きーくさん、ありがとう。ヒヒン」
　「ニャン、H市乗馬クラブのみるさんが、待ってい

ると、電話があったよ。ニャン」

「ヒヒン、はーなさん、ありがとう、ヒヒン」

「ニャン、あかりさん、Ｈ市乗馬クラブの上空まで雀と鳩とカラスが空から歌を唄ってくれるよ。私が、頼んだんだ。ニャン」

「ヒヒン、ありがとう。はっぴーさん、ヒヒン」

「コンコン」と、あかりの病室の扉を叩く音がするのでした。カップル獣医師が扉のところで立っているのでした。

「ヒヒン、はい、ヒヒン」

「あかりさん、退院おめでとうございます」

「ヒヒン、お世話になりました。ヒヒン」

「どう致しまして、玄関まで送りますから帰られる時にはお知らせ下さい」

「ヒヒン、はい、今から退院します。ヒヒン」

「そうですか。じゃあ、行きますか」

「ヒヒン、はい」

「ニャン、いこういこう、ニャン」と、４匹の猫たちは話すのでした。

「ヒヒン、猫さんたちありがとう、ヒヒン」

「そうして、6にんたちは病室を出ていくのでした。全ての猫たちは馬の背なかにいました。

「今日は、どのようにして帰られますか？」

「ヒヒン、猫たちがトラックを呼んでくれていまして、ヒヒン」

「それは、助かりますね。あかりさん今度ぱーとなー動物病院のつらぬき先生と結婚します。結婚式に来ていただけますか？」

「ヒヒン、おめでとうございます。ヒヒン」

「ニャンニャン」「ニャンニャン」

「ニャンニャン」「ニャンニャン」

と、4匹の猫たちが同時に鳴いて直後には、

「ニャン、おめでとうございます。ニャン」

と、お祝いの言葉を掛けているのでした。

「猫さんたち、ありがとう」

あかりの背中に乗っている子猫のはっぴーの案内により、チャーターをしているトラックの所まで辿り着きました。

「あかりさん、お待たせ。運転手の、あいかたと、申します。私は人間ではありません。猿です」

「あらっ。猿のトラック運転手は初めてだわ。ここの病院のカップル医師です。よろしく」
「カップル先生、よろしく」
「よろしく」

「ニャン、あかりさん、さあ、乗りましょう。ニャン」
「リフトを動かします」
「ヒヒン。はい、あいかたさん、ヒヒン」
「あかりさん、そのまま前へ歩いて下さい」
「ヒヒン、はい。あいかたさん」

「あかりさん、そのまま前へ進んで下さい」
「ヒヒンはい、あいかたさん、ヒヒン」
「あかりさん、念のために安全ベルトをしめます」
「ヒヒン、ありがとう。ヒヒン、ヒヒン」

「終わりました」
「ヒヒン、ありがとう。ヒヒン」
「さあ、他の猫さんたちも、トラックへ」
「ニャン、ニャン」と、応えているのでありました。

「カップル先生、では」

「はい、あいかたさん気を付けて、あかりさん元気でね。結婚式に来て下さいね」

「ヒヒン、ヒヒン。ありがとうございます。お世話になりました。そうして帰宅をしていくのでした。空中の鳥たちも「カップル先生、お世話になりました。結婚おめでとうござます」

と、空中停止をしながら、お祝いの言葉を掛けているのでした。

　いよいよ猿の運転手、あいかたが運転するトラックは、Ｈ市乗馬クラブへと向かっていくのでありました。

　先程から、上空では雀たちや鳩たちやカラスたちが本日、退院をしてきたあかりのためにトラックを追いながら歌を唄っていてくれているのですが、これを追うように１匹の猿が馬車を引きながらトラックを追い掛けてくるのでありました。

　そうこうしているうちにトラックの中からラジオニュースが流れてくるのでありました。

「ピッピッピッピー」と、時報が流れてきました。

「午前 11 時の XYZ ニュースです。数ケ月前の、H市乗馬クラブの火災原因が判明しました。乗馬クラブへ来場していて、乗馬をしている騎手が捨てた数本の煙草の火が原因と判明しました。出火場所が数ケ所ということで原因が、判りにくかったのですが原因が判明しました。この出火原因をつくった騎手の行方は未だ居所をつかめていません」と、流れてきているのでありました。……

「あかりさん、猫さんたち、ニュースを聴きましたか？」

「ヒヒンヒヒン、聴いたよ。原因をつくった騎手がこのニュースを知ったら今度は、火の始末に注意して欲しいよ。ヒヒン」

「ニャン、私の親友のあかりさんを、酷い目に会わせてゆるせない。ニャン」

「ニャン、そうだ、はっぴー。ニャン」

「ニャン、みーこ母さん、うん、ニャン」

「ニャン、きーく、ニャン」

「ニャン、うん、ニャン」
「ニャン、うん、はーな、ニャン」

　「先程の数ケ月前の乗馬クラブの火災ニュースの続きであります。本日、火災の被害馬が退院をされました。被害馬のあかりさんは、火傷と左手骨折をされていましたが、元気になられました」と、ラジオから流れていました。
　「あかりさん、今日は、ヒーローですね」
　「ヒヒン、はい、あいかたさん、ヒヒン。今回の火災の原因をつくった騎手は、きっと心から悔いているでしょう。私は、ゆるしていますよ。経済動物の馬である私は助けてもらえたしね。ヒヒン」
　「そうですか」
　「ヒヒン、はい、ヒヒン」
　「あかりさん、実は、後ろの馬車の馬が、あかりさんと結婚をしたいそうです。いかがですか？」
　「ヒヒン、私は両目が見えなくて、どんな馬なのか、相手の顔もわからないし、ヒヒン」
　「あかりさん、素晴らしい性格の馬ですよ」
　「ヒヒン、あっそう、あいかたさん、ヒヒン」

108

「ニャン、あかりさん、いい馬よ、ニャン」

「ヒヒン、はっぴーさん、あっそう、ヒヒン」

「ニャン、素晴らしい馬だよ知ってる、ニャン」

「ヒヒン、みーこさん、あっそう、ヒヒン」

「ニャン、私も知ってるよ、いいよ、ニャン」

「ヒヒン、きーくさん、あっそう、ヒヒン」

「ニャン、私も知ってるよ、いいよ、ニャン」

「ヒヒン、はーなさん、あっそう、ヒヒン」

「あかりさん、思い切って同意したら？」

「ヒヒン、はい、私も幸せになりたいです。あいか
たさん、でも安月給の馬でしてヒヒン」

「気にしない気にしない、後ろの馬は猿から、たく
さん給料をもらっていますし」

「ヒヒン、あいかたさん、お受けします。ヒヒンヒ
ヒン」

「ニャン、信号待ちだから後ろの馬へ伝えてくる。
ニャン」

「ヒヒン、はっぴーさんありがとう。ヒヒン」

「そうして、赤信号の時に後ろの馬車の馬へあかり

が結婚を同意したことを、伝えて戻ってくるのであり
ました。

　「ニャン、あかりさん、婚約馬のしろすぴーさんが
喜んでいます。ニャン」
　「ヒヒン、しろすぴーさんですか。ヒヒン」

　４匹の猫たちは、「ニャンニャン、あかりさん婚約
おめでとうございます。ニャンニャン」と、話し掛け
てくるのでありました。
　すると、いきなり上空の雀たちや鳩たちやカラスた
ちが「あかりさん、しろすぴーさん、婚約おめでと
う」と、数回呼び掛けているのでした。また、そのお
まけに結婚行進曲を、ハミングで、聴かせてあげてい
るのでありました。
　そうこうしているうちに、Ｈ市乗馬クラブへと到
着をして帰宅をするのでありました。あかりにとって
は、里親の乗馬クラブはふるさとそのものであり続け
ています。

　辺りには、報道カメラマンやテレビ局や、ラジオ局

や新聞社がインタビューのために待ち構えているので
した。
　………………
　………………
　十数人のマスコミの、インタビューに応えたあかり
は、急に…………。

　「ヒヒン、今、私がここにこうして居るのは、生ま
れ付き片目の見えない猫で友だちのはっぴーさんのお
力です。大駅近くのぱーとなー動物病院を紹介して下
さり、そこから救急車で動物大学病院へ搬送されて手
術を受けました。入院中に、みーこー親子猫の４匹
から目を向けて下さったからです。４匹の猫さんたち
私の背なかへきて下さい。ヒヒンヒン」

　すると、４匹の猫たちは、あかりの背なかへと飛び
乗ってくるのでありました。１匹１匹の猫たちも、
インタビューを受けるのでありました。
　そうして、あかりは急に思い出したように
　「ヒヒン、私、あかりは近くにいる馬で、しろすぴ
ーさんと結婚します。ヒヒン、馬車の馬ですが、トラ

ック運転手で猿の、あいかたさんの紹介です。ヒヒン」

　「あいかたさん、あいかたさん」と、１人の記者が呼ぶのでありました。
　「こちらです」
　同じ記者が、掛け寄っていくのでありました。「今回の、あかりさんの婚約馬（うま）の紹介猿（さる）はあなたですか？」と訊くのでありました。
　「いえ、婚約馬の事業主である、あそこにいる猿の、うらかたさんです」と、応えるのでありました。

　すると、別の記者が、うらかたの方へ、掛け寄っていくのでありました。

　「うらかたさん、馬のしろすぴーさんのご婚約おめでとうございます。しろすぴーさんが、結婚されましたら、寂しくなりますね」
　「いいえ、これからも採用します」
　「そうですか。しろすぴーさん、婚約おめでとうございます」

「ヒヒン、はい、ありがとうございます。嬉しいです。ヒヒン」

　そうして次は、乗馬クラブのみるへ、別の記者が、インタビューへいくのでありました。

　「みるさん、あかりさんのご婚約おめでとうございます。寂しくなりませんか？」
　「いいえ、これからも採用します」
　「ありがとうございました」
　「いえ、いいですよ」

　そうして、しばらくしてからやっと、あかりは、ゆっくりとすることができるようになりました。

　乗馬指導員の、みるも改めてはっぴーへ、「これからもここの乗馬クラブで、働いて欲しい」と、頼むのでありました。
　あかりも、「ヒヒン、こちらからも、お願いします」と、頼んでいるのでありました。
　馬のあかりは、４匹の猫たちへ「乗馬クラブの外で

背なかに乗ってもらって、市内を歩くことを約束する」ことを、話すのでした。

　４匹の猫たちは、地図も読めて字を読めるので、猫たちが順番に声を出して「道案内をする」ことを約束して、あかりのサービスを受け入れるのでありました。

20　獣医２人の結婚式

　つらぬき獣医師とカップル獣医師の結婚式会場での食事会の時のことでありました。

　やはり、あかりの背なかには、はっぴーが乗っていました。

　関係者が、マイクを順番にまわされて思い出話をしているのでありました。

　そうして、クライマックスは、はっぴーと、あかりのふたりとなりました。締めくくりは、あかりでありました。ふたりは、「関白宣言」と、「花嫁」の流行歌を最初に歌いました。

　「ニャン、私は生まれ付き片目の見えない猫です。

114

健康診断と血液型は人間と違いたくさんのなかから調べてもらいました。ニャン」

「ヒヒン、乗馬クラブの火災で火傷と左手骨折をしましたが、元の体に戻してくれました。結婚を今度できるようになりましたヒヒン」。すると、クライマックスは馬と猫のふたりにも、盛大な拍手が響き渡っていた。

21　２匹の猫は婿養子

　ある日の大晦日の正午をさした日のことでした。

　母猫みーこの長男きーくと次男はーなは、婚約猫を連れてくるのでありました。

　なんとなんと、乗馬クラブの馬のあかりの背なかに乗ってです。はるばると、Ｈ駅から電車に乗り継いでであります。「娘よ」と「母さんの歌」を練習しながらでありました。結婚式の時に歌うためでありました。

　「ニャン、母さんただいま、きーくです。今日は、馬のあかりさんと婚約猫のやすらぎさんと一緒だよ。

ニャン」

「ニャン、母さんただいま、はーなです。今日は、馬のあかりさんと婚約猫のほほえみさんと一緒だよ。ニャン」

「ニャン、あかりさん、いらっしゃい。おかえり、はーな、きーく、ニャン」

「ニャン、あかりさんも中へ、ニャン」

「ヒヒン、はい、はっぴーさん、ヒヒン」

「ニャン、みーこ母さんご長男のきーくさんの婚約猫のやすらぎです。ニャン」

「ニャン、みーこ母さん私は次男さんの、はーなさんの婚約猫のほほえみです。ニャン」

「ニャン、やすらぎさんとほほえみさん、ふたりの息子をよろしくね。ニャン」

「ニャン、やすらぎ姉さんとほほえみ姉さん、妹猫のはっぴーです。よろしく、ニャン」

「ニャン、やすらぎです。妹猫さんはっぴーさんは生まれつき片方の目が見えないけれども、元気に出掛けて生きていると、きーく兄さんが話しているよ。いつも、ニャン」

「ニャン、やすらぎ姉さん、うん。これも、私の個性さ。ニャン」

「ニャン、ほほえみです。妹猫さんはっぴーさん本猫もハンディがあるのに、世のために、馬のために働いているとはーな兄さんが言っているよ。ニャン」

「ニャン、ううんいえいえ、私、はっぴーは、あんまり思うようには出来ていないよニャン」

「ヒヒンヒヒン。はっぴーさんも、みーこさんも、きーくさんも、はーなさんも、世のため、馬のため、人のために、力強く優しく心あたたかく接してきているよ。ヒヒンヒヒン」

すると、6匹の猫たちは、代わる代わる「ニャン、馬のあかりさんも、世のため、馬のため、猫のため、人のために、勇気となぐさめを与え続けているよ。ニャン」と、あかりへ語り掛けているのでありました。

そうこうしているうちに、ある1匹の猫が「ニャン、あかりさんの体を、みんなで洗ってあげようよ。ニャン」と、呼び掛けるのでありました。

すると、みんなが口を揃えて、「ニャン、ニャン、大賛成、ニャン」と話して、拍手をするのでありました。
　「ヒヒンヒヒン、ありがとう。ヒヒン」と、甘えていくのでありました」
　あかりは、身体を洗ってもらっている間には昔、あった流行歌の「娘よ」と「母さんの歌」を唄ってあげているのでした。

　きーくの婚約猫のやすらぎとはーなの婚約猫ほほえみは今度は、お返しに「お馬の親子は仲良しこよし……」を、歌ってあげているのでした。

　「ニャン、やすらぎさん、あかりさんが泣いているよ。ニャン」
　「ニャン、ほほえみさん、あかりさんは、本当の両親を知らずに、乗馬クラブへ養子に迎えられたんだ。ニャン」
　「ニャン、あかりさん、悲しさを思い出させてしまったね。ニャン」
　「ヒヒン、ううん。お馬の親子の歌詞で、嬉し泣き

をしていたんだ。微笑ましい心になったよ。ほほえみさん。ヒヒン」

「ニャン、あかりさん両親には恵まれなくても歌詞によって、慰められるね。ニャン」

「ヒヒン、うんうん、歌詞の世界へと入り込めて、心が安らぐよ。やすらぎさん、ヒヒン」

　そうして、しばらく数時間経ってからのことでした。インターホンが鳴り、ある猫が受け応えをするのでありました。訪れてきましたのはトラック運転手の猿のあいかたでした。

「馬のあかりさんを、H市乗馬クラブまで送りにまいりました」

　そして、ある猫が「ニャン、今、まいります。ニャン」と、受け応えをしてトラックまで、6匹の猫たちはあかりを送っていくのでありました。トラックのチャーターは、6匹の猫たちがそれぞれに自腹を切って呼んでくれているのでありました。

　馬のあかりは、無事に6匹の猫たちの心遣いにより無事に乗馬クラブへ帰宅出来ました。

22　あかりの猫たちへの恩返し

　この日は、馬車で金儲けをしている猿の、うらかた が４匹の猫を迎えにきました。

　なぜならば、Ｈ市内と隣の市とか他の市を１周、 あかりが、背なかに乗せてハイキングのサービスをす るためでありました。

　「ピンポンピンポン」と、チャイムが鳴りました。

　ある１匹の猫が、「ニャン、はい、ニャン」と受け 応えをするのでありました。

　「猿のうらかたです。お迎えにまいりました」

　「ニャン、はい、ニャン」

　そうして、４匹の猫たちは喜びながら馬車の馬のし ろすぴーの背なかへと、飛び乗っていくのでありまし た。

　「ヒヒンヒヒン、今日は私の婚約馬のあかりさんが、 あなたたち猫を、背なかに乗せてドライブでありま す。ヒヒン」

　「ニャン。楽しいね。ニャン」と、それぞれの猫た

ちは、2、3回話すのでありました。また、この日は、約束通りに四匹の猫たちは、あかりの背なかへ乗り、交代交代で地図を読みながら、道案内をするのでありました。

　赤信号、黄信号、青信号等、左右等、階段等の、導き等の「説明」を、きめ細かくでした。
　騎手のうらかたさんは、あかりと、4匹の猫がH市乗馬クラブまで戻ってくるまでの間には、あかりの婚約馬で、しろすぴーと、お客さんを見付けて、お金儲けをしていました。

　一方の、あかりと、みーこと、きーくと、はーなと、はっぴーの、ドライブは次の通りでありました。

　古墳　→　天皇陵　→　遺跡　→　Hキリスト教会では、これからの、あかりとしろすぴーの結婚生活の幸せと、きーくとやすらぎの幸せな結婚生活と、はーなとほほえみの幸せな結婚生活と、はっぴーの幸せな生活と、飼い主の、じゅんとつること、みさきの幸せな生活のためのお祈りをしに行くのでありました。

午後からは、Ｘ市の老人施設へ訪問されて、あか
りとみーこと、きーくと、はーなーと、はっぴーたち
は、数曲の歌を歌いに行くのでありました。

　ソロ、デュエット、トリオ、みんなで歌を、唄い楽
しませるのでありました。

　次には他のキリスト教会へと立ち寄り、前記の老人
施設の人達のために祈りに行きました。
　そうして、あかりと４匹の猫たちは、Ｈ市乗馬ク
ラブの近くへ戻ってきて、スポーツ公園を一周と「道
の駅」へと立ち寄るのでありました。
　そうして、夕飯時がやってきて、ファミリーレスト
ランへ入店をするのでありました。

　４匹の猫たちは、代わる代わるに、あかりへスプー
ンで食事を与えて差し上げるのでありました。
　また、代わる代わるにストローでドリングバーの飲
み物を、飲ませて差し上げるのでありました。

　４匹の猫たちは、代わる代わるに、「ニャン、あか

りさん、今日は、楽しかったです。ありがとう。ニャン」と、お礼を告げていくのでありました。

　そうして、あかりも、その度に「ヒヒン、こちらこそ入院手術の時には、お世話になりありがとうございました。ヒヒン」と、1匹1匹へ、お礼を申していくのでありました。

　そうして、食事中に、みんなで、ある目的のために動物大学病院へと、あかりと、みーこと、きーくと、はーなと、はっぴーは共に動物病院へ来院することを約束するのでありました。

　そうこうしているうちに、いよいよ乗馬クラブの所へ、家路へと向かうのでありました。

　ほぼ同時に、騎手で猿のうらかたと、あかりの婚約馬が、やってくるのでありました。

　すでに、あかりは馬舎の中でありました。

　先程、約束をした通りに動物大学病院へとある理由により来院することを、うらかたと、しろすぴーへ日を決めて約束をするのでした。

　そうして4匹の猫たちは、騎手のうらかたにより、

しろすぴーの背なかに乗り帰宅しました。

23　２頭の馬と６匹の猫たち

「ピンポンピンポン」と、チャイムが鳴りました。ある１匹の猫が受け応えをするのでありました。

「ニャン、はい、ニャン」

「トラック運転手で猿のあいかたです。動物大学病院へのお迎えです」

「ニャン、はい、ニャン」

「おはようございます。既に、トラックの中にはしろすぴーさんとあかりさんがお待ちしています」

「ニャン、ごくろうさまです。ニャン」と、６匹の猫たちが代わる代わるに話すのでありました。

そうして、あかりと６匹の猫たちはトラックで動物大学病院へと向かうのでありました。

途中で、トラックのラジオからニュースが流れていました。

23　２頭の馬と６匹の猫たち

「ピッピッピッピー」と、時報が流れてきました。「午前９時の XYZ ニュースです。まず、以前に発生しました、Ｈ市の乗馬クラブの火災の原因の煙草を投げ捨てたと思われる人間が判明しましたが、未だ行方が、つかめていません。では、次のニュースであります。……」

「ニャン、酷い話だ。ニャン」と、くちぐちに猫たち６匹としろすぴーも、猿のあいかたも話すのでありました。

「これでは、あかりさんが気の毒ですよ。大手術を受けてかなり痛い目にも、あわされて辛い目にもあったのに」

「ヒヒン、あいかたさん、もう快復したんだし、いいよ。ヒヒン」

「そうかい」

「ヒヒン、うん、ヒヒン」

「さあ、皆さん着きました。馬のしろすぴーさんもご自宅まで送っていきます。私は駐車場でお待ちしています。院外のレスランへ行っているかも知れませんが、戻って来られましたら携帯電話の方へどうぞ。これが電話番号で…」と、しろすぴーへ渡すのでありま

した。

　そうして、みんな外来へ行きました。

　「ヒヒン、ありがとうございます。あいかたさん、お言葉に甘えてお願いします。ヒヒン」

　「よろしいですよ。しろすぴーさん」

　そうして後に２頭の馬へ６匹の猫は、しろすぴーとあかりの背なかへ、それぞれ乗って、献体の担当者の部屋へと行くのでした。

　そうして８にんは献体の手続きのために部屋へと入っていくのでありました。

　８にんは、声を揃えて「ニャン……ニャン」「ヒヒン……ヒヒン」、（献体の手続きにまいりました）と、告げるのでありました。

　「はい。お疲れ様です。本日の担当者の、うなずきです。順々にお話を伺いましょう。先は、そちら様から」

　「ニャン、はーなです。死後献体前にお迎えにきていただく場合の注意点は？　ニャン」

　「棺には花だけにして下さい。ご遺族の同伴はでき

ません。玄関先での見送りです」

「ニャン、はい、ニャン」

「ニャン、きーくです。献体後の遺体との再会はできますか？　ニャン」

「すいません、先程お話ししました通りとなります」

「ニャン、はい、ニャン」

「ニャン、やすらぎです。遺体の管理方法は？　ニャン」

「大学において、アルコールとホルマリンの混合液を大腿の動脈から点滴をします。防腐処理後、低温保管されます」

「ニャン、はい、ニャン」

「ニャン、ほほえみです。臓器提供の同時進行はできますか？　ニャン」

「両方の、同時進行も別々の時期でもできません。完全遺体でなくなります。付随する血管と神経、あらゆる組織が破壊されます。解剖学や研究教育が不可能になります」

「ニャン、はい、ニャン」

「ニャン、みーこです。痩せていて年をとっていても献体はできますか？　ニャン」

「体格は千差万別です。年齢体格に差は、あっても学習教育は可能です」

「ニャン、はい、ニャン」

「ヒヒン、あかりです。皮フ移植と人工骨を入れて大手術をしています。献体できますか？　ヒヒン」

「大手術の後遺症はあっても、一部は欠損していても、他の動物の遺体から構造を学べます」

「ヒヒン、はい、ヒヒン」

「はい。よろしいですか。では、こちらの方はいかがですか？」

しろすぴーは、はっぴーへ順を譲りました。

「ニャン、はっぴーです。私は希な病気と言われています。献体できますか？　片方のオレンジ色の目の方は、生まれ付き目がみえません。献体できますか？」

「遺体解剖には、３点あります。病理解剖のように、発症原因や経過調査の場合と司法解剖のように、原因調査や、正常解剖のような普通の献体のように研究教育のためのものが、あります。特異な病があれば献体の時に主治医へ告げて下さい。主治医が病理解剖をお願いすることがあります。献体をしていることを告げ

128

て下さい」

「ニャン、はい、ニャン」

そうして、馬車の馬であるしろすぴーの順がまわってきました。

「ヒヒン、しろすぴーです。献体が不可能な場合は？　ヒヒン」

「交通事故で身体に損害があったり自殺の場合や司法解剖された時、結核にかかっている時です。肝炎にかかっている時は可能ですが告知して下さい」

「ヒヒン、はい、ヒヒン」

「それでは、皆様、どうされますか？」

この後に、交互に「ヒヒン、献体します。ヒヒン」「ニャン献体します。ニャン」と、約束をして入会手続きをするのでありました。

そうして、8にんは、トラック運転手の猿のあいかたが待つ場所へと戻っていくのでありました。

ほぼ同時に、あいかたはレストランから、戻ってくるのでありました。

「皆さま、お疲れ様です。では、自宅まで送らせて頂きます」と、話されてそれぞれの帰宅へと向かわせてあげるのでした。献体の手続完了を、知らされていつしか、あいかたも、うらかたも、献体をするのでありました。

24　あかりとはっぴー

２頭の馬のあかりとしろすぴーと、４匹の猫たちのきーくとやすらぎ、はーなとほほえみの６にんの結婚式と入籍の10日程前に、あかりとはっぴーは旅行へ行くのでありました。

また、この日もやはり、あかりの背なかには、はっぴーが乗っているのでありました。

ヒッチハイクといって、通りすがりのトラック数台に分けて乗せていただき下関の、水族館へと向かっていきました。運転手さんは、助手席の、横の窓を開けてくれていました。全ての運転手がそうでありました。

ヒッチハイクの時には、はっぴーはあかりの背なかに２本足で立って両手をあげて乗っていました。最

後のヒッチハイクのトラックは、軍艦マーチを流して
いる車が通り過ぎていった直後に止まってくれるので
した。ふたりは、インターチェンジで食事を済ませ
て、満足感が心の中へと溢れているのでした。

「おーい。わっはっはっ。馬さんと猫さん仲が良い
ね。どちらまで？」

「ニャン、下関までです。ニャン」

「乗せていってあげるよ」

「ニャン、ありがとう、ニャン。あかりさんそのま
ま右へ歩いて」

「ひょっとしてこちらの馬さんは、目が見えないの
かな？」

「ヒヒン、はい、ヒヒン」

「馬さん、わるいわるい、リフトを動かしてあげる
よ」

「ニャン、ありがとう、ニャン」

「ヒヒン、ありがとう、ヒヒン」

「おふたりさんのお名前は？」

「ニャン、はっぴーです。ニャン」

「ヒヒン、あかりです。ヒヒン」

「おふたりさんも良い名前ですね。私の名前は、た

すけぶねです。さあ、あかりさん、左へまわって下さい。はい、そのまま少し前へ歩いて下さい。そのままで」

　そうして、たすけぶねは、リフトを動かして下さりました。そして、ふたりは、トラックの荷物台へ乗り込ませてもらって現地へと向かわせてもらうのでありました。

　「下関のどちらまで？」
　「ニャン、水族館です。ニャン」
　「ヒヒン、水族館です。ヒヒン」
　「近くだわ、水族館まで送ってあげるよ」
　そして、ふたりは声を合わせて礼を言った。
　「ニャン、あかりさんは来週結婚式なんだ。ニャン、それでね、独身時代の最後の旅行なんだ。ニャン」
　「あかりさん、おめでとうございます。お幸せに」
　「ヒヒン、ありがとうございます。たすけぶね様ヒヒン」
　「いいえ」
　「ニャン、はっぴーさんは産まれ付き目が見えないんです。ニャン」

「ヒヒン、ハンディのある動物同士の友情で付き合っています。ヒヒン」

「ニャン、いつもお世話になっているよ。私の方が、ニャン」

「ヒヒン、Ｈ市まで来られましたら、乗馬クラブへ来て下さい。ヒヒン。ここでは、人間達を背なかへ乗せて働いています。ヒヒン」

「あかりさん近くまで行くことも、多いですので、寄らせていただきます」

「ヒヒン、2、3回サービスします。お待ちしています。ヒヒン」

「ありがとうございますね。着きましたね。リフトを動かします」

そうして、ふたりはトラックから降りて、2回程、たすけぶねへお礼を告げて「お気を付けて」と挨拶をされて別れていくのでした。

そうして、ふたりは野宿とマーケットで食事を買って食事をしながらヒッチハイクで、小倉と博多へと向かいました。そうして、帰省は夜行列車で帰ってくるのでありました。

25　2頭の馬と4匹の猫

　6月の小雨まじりの正午過ぎでした。

　馬の、あかりとしろすぴーの結婚式と猫の、きーくとやすらぎ、はーなとほほえみの同時進行による結婚式の後のことでした。

　食事の方も、あかりとしろすぴーときーくとやすらぎと、はーなとほほえみの他の全ても同時進行でありました。インタビューの一部は次の通りでした。

　「ヒヒン、あかりです。大の親友で猫の、はっぴーさんは今回の結婚式の前に水族館へ連れていってもらいました。水族館へいった時には目のみえない私へ、言葉でいろいろと、魚たちの説明をしてくれました。イルカたちも空中から私たちふたりへ、『こんにちは猫さん馬さん』と、呼び掛けてくれていました。楽しい思い出になりました。ヒヒンヒヒン」

　「ヒヒン、フィアンセのしろすぴーです。両目の見えない馬なのに、乗馬クラブで人間達を背なかへ乗せて人間達を楽しませている姿のあかりさんに憧れました。ヒヒン」

「ニャン、きーくさんのフィアンセの、やすらぎです。妹さんのはっぴーさんが、両目の見えない馬のあかりさんのために働き掛けている時に協力をしている姿に惚れてね、ニャン」

「ニャン、はーなさんのフィアンセの、ほほえみです。妹さんで片方の目の見えないはっぴーさんのことをいつもほめて話している姿に惚れました。ニャン」

「ニャン、はーなときーくの、母親猫の、みーこです。ふたりの息子は、いつも母の私と長女へは、目配り気配りでした。ニャン」

「ニャン、妹猫のはっぴーです。はーな兄さんときーく兄さんは、いつも手助けをして下さり助かりました。馬のあかりさんの入院手術の時にも、一緒に手伝って介護をして下さりました。ニャン」

そうして次は新郎新婦のそれぞれの両親のインタビューでした。でもあかりには両親がいませんでした。また、はーなときーくには、父親がいませんでした。

「ニャン、やすらぎの父猫です。娘は、いつもいつも近所の野良猫たちへ自分の食べる食事を少なくして分けていました。この猫たちは喜んでいました。ニャ

ン」

「ニャン、やすらぎの母親です。娘は、いつもいつも人間の子供達の話し相手となって楽しませていました。私の名は、ひきたてです。ニャン」

「ニャン、ほほえみの父猫です。娘は、いつもいつも近所の種族の違う犬たちへ自分が食べる食事を分け与えていました。ニャン。私の名はかげです。ニャン」

「ニャン、ほほえみの母猫です。娘は、いつも近所の公園にいる鳩のこどもたちと、話をしていました。私の名はそんざいです。ニャン」

そうして、次は新郎の馬の両親でした。

「ヒヒン、しろすぴーの父馬です。息子は、いつも馬車へ乗ってくる人間の子供達へ話し相手となって喜ばせていました。時には、人間の大人達へもでした。ヒヒン、私の名ははげましです。ヒヒン」

「ヒヒン、しろすぴーの母馬です。いつも息子は仕事中にも人間のお客さん達へ美しい声で歌を歌ってあげていました。ヒヒン。私の名前はあどばいざーです。ヒヒン」

「ニャン、長男のきーくです。母猫は、父と飼い主

から見離されても育ててくれました。ありがとう。お母さん。ニャン」

　「ニャン、次男のはーなです。お母さん、長生きしてね。ニャン」

　あいかたとうらかたは、仕事で欠席でした。そうして最後に、「ニャン、はっぴーです。生まれ付き片方の目が見えない猫です。愛すること愛されることの美しさを知りました。産まれてきて良かったです。ニャン」と、締めくくりました。おひらきとなりました。

　今も、まだ、乗馬クラブでの煙草の不始末で火を出した人間の行方は、誰も知らない。　　　　おしまい

あとがき

　人間対動物、人間対動物達、人間達対動物達、動物達対動物達、動物達対動物達、人間対人間、人間対人間達、人間達対人間達、美しい世界。
　無視されたり無視したりするよりは、向けたり向けられたりの人生は望ましいものであろう。
　言葉と言葉での、コミニュケーション
　手振りと手振りの、コミニュケーション
　身振りと身振りの、コミニュケーション
　なんとなんと、美しいものでしょう。
　末、言葉を覚えていない赤ん坊が、泣きもせずに笑いもせずに話もせずに、じっと、見つめている顔には何かで受け応えをしてあげたいという心そのものは、動物たちへも、愛を送りたい心と合通じるものがあるであろう。
　絶滅してしまった動物たちの為にも絶滅寸前の動物たちの為にも、生存中の動物たちへ何らかのスタイルで保護と愛護ができたならば最高の生き者である人間達は、これからも、美しく素晴しい生き者となっていくであろう。人間達の絶滅の防止にもなるであろう。

必守　いく男（ひつもり　いくお）

〈略歴〉
1956年11月27日（火）
　大阪市天王寺寺区バルナバ病院にて双子の弟として出生
1976年1月18日（日）
　日本自由メソジスト大阪日本橋教会にて受洗
2017年現在、
　単立大阪日本橋キリスト教会出席
　日本キリスト教団大阪阿部野教会出席

〈出演・出版歴〉
DVD『演劇　暮らしの等身大のドラマ』（クレオ大阪天王寺図書室等で配架）
福音歌手・森祐理のCD『こころのメロディシリーズ Vol.1 祈れないあなたのために』（いのちのことば社）その中で「エピソード＆リクエスト曲」が採用。
『酔っていくさくしゃ』新風舎
『教え子は母親と妹』新風舎、文芸社
『パラグライダーにのったふたりのいしゃ』新風舎、文芸社
『影からの贈りもの』文芸社

■自己紹介■
趣味は、月刊誌への投稿、演劇の朗読、セミナー受講などです。生まれながら弱い体ですが、まったく気にしていません。歩き方はペンギン歩きです。

馬と猫の愛の物語

平成 29 年 9 月 19 日　　初版発行

著者　　　　必守　いく男
発行・発売　創英社／三省堂書店
　　　　　　〒101-0051　東京都千代田区神田神保町 1-1
　　　　　　Tel：03-3291-2295　Fax：03-3292-7687
印刷／製本　シナノ書籍印刷

© Ikuo Hitsumori, 2017 Printed in Japan
乱丁、落丁本はおとりかえいたします　定価はカバーに表示されています
ISBN978-4-88142-163-5　C8093